U0612253

燕公子 作品

北京联合出版公司
Beijing United Publishing Co.,Ltd.

图书在版编目（CIP）数据

恋爱口语：我们到底要跟男人聊什么？ / 燕公子著. —北京：北京联合出版公司，2015.10
ISBN 978-7-5502-6150-1

Ⅰ. ①恋… Ⅱ. ①燕… Ⅲ. ①随笔—作品集—中国—当代 Ⅳ. ①I267.1

中国版本图书馆CIP数据核字(2015)第216412号

恋爱口语：我们到底要跟男人聊什么？
作　　者：燕公子
责任编辑：史　媛
装帧设计：金牘設計室 DO DESIGN STUDIO

北京联合出版公司出版
（北京市西城区德外大街83号楼9层　100088）
北京鹏润伟业印刷有限公司印刷　新华书店经销
字数150千字　880毫米×1230毫米　1/32　8.5印张
2015年10月第1版　2015年10月第1次印刷
ISBN 978-7-5502-6150-1
定价：39. 80元

本书若有质量问题，请与本公司图书销售中心联系调换。电话：010-82069336

序

为什么要买这本书

买一本书大概要花二十几块钱或者三十几块钱，也许看完以后，你的反应是：为什么我不用这个钱去吃一顿麦当劳啊？看这个破东西又浪费钱又浪费时间，想想就觉得很亏。

我觉得不是每个女人都需要这本书，如果你在这方面很有一套，真的，现在、立刻、马上合上书，走出大门，实实在在地面对生活去。如果你还有一些困惑，觉得看完我的上一本书，还有一些问题没有解决，不妨打开这本书，好好地思考一下：你穿上长裙、披着长发、穿上高跟鞋，为什么还是没有男朋友？

你是不是常常困惑，为什么明明自己长得比较好看，男神却选择了其貌不扬的她；明明自己先认识的男生，一起出去玩过几次，却和别的女生打得火热。在这个看脸的世界，你还有一样武器可以制胜，那就是说话。

我有一个女性朋友要结婚了，她发了请帖给好多人。她的婚礼是在一个半山腰上举行，挺别致的。婚礼当天，姐妹们都到了，其中有一个人来晚了，气喘吁吁地爬上来，说了这么一句："要不是为了把份子钱吃回来，我才不爬这么老高呢。"这就是不会说话，明明钱给了，山也爬上来了，但新郎新娘一点儿也不觉得你好。

我还有个朋友是个化妆师，技术很好，不过也是不太会说话。有一天，她给一个上了点年纪的歌手化妆。这位歌手一走进化妆间就说："哎呀，昨晚熬夜了，你看都有黑眼圈了。"我朋友看了她一眼，傻乎乎地说："没事儿的，不是熬夜的关系，到了你这个年纪都会有黑眼圈的。"从此以后，这个歌手就再也不找她了。

我曾有一个老板长得非常难看，丑到多看一眼，都怕传染。每次大家拍马屁都很小心翼翼，只好说"老板好能干""老板英明""老板大方"。只有他秘书，其貌不扬但非常霸气。有一次，我们去唱歌，他秘书一定要和老板合影。老板问她干啥，她甜甜地说："我跟我妈说我们老板好英俊，她不信，我要拍照给她看呢。"大家都屏住呼吸，这种拍马屁的方法非常危险，因为太睁着眼睛说瞎话了，老板会不会恼羞成怒呢？谁知道老板爽朗地哈哈大笑，不仅没有翻脸，居然还厚着脸皮说："不要给你男朋友看到哦，否则他吃醋怎么办？"从那一刻起，我就深深地知道，男人是如此地不能认清自己，可以相信好听的话到这种弱智的地步。所以，只要你好好说话，就相当于身怀绝技，就算做错事，也很容易被别人原谅。

你会说话吗？你遇到过好好聊天变得大路朝天、各走一边的局面吗？你会看着微信不知道如何回复吗？你会面对面聊天完全找不到话题吗？姐妹们，不要紧张，不要害怕，这本书就是来帮你解决这一切用嘴巴说话的问题的。

话说得好，男神也能追到手；不会说话，煮熟的吴彦祖放在你面前也会飞走。废话不多说，翻开下一页，跟着老师来学怎么用说话跟男人交往吧。

目录

Chapter 1

只要男神不死，你就有机会追到他

对待男神最大的秘诀叫作沉得住气。首先，每天跟自己说100遍：只要男神不死，你就有的是机会追到他。所以，你看中一个人，不要急吼吼地冲上去表白，被拒绝也不要死乞白赖，仍然可以做朋友。被当成好哥们儿也没关系，只要经常出现在他生活中。进则可登堂入室，退也可防竞争者。

Chapter 2

约会时，我们跟男人聊什么

大家要把约会的过程当成一场侦探游戏来玩。你需要多知道一些他的资料才能破案，才知道他是不是杀（真）人（命）凶（天）手（子）。

Chapter 3

恋爱前戏，高情商的说话技巧

直男有一个本能叫作：渴望被肯定。有一句有魔力的话，叫作：我相信你能做到。他们会恨不得四脚着地去替你完成。

Chapter 4

情话系：跟想亲近的人更近一步

情话这个东西，最大的敌人就是你自己，只要你说服自己，无论多恶心、多肉麻的东西都能说出口以后，你就会融会贯通，灵活运用。不说别的，学会说情话，恋爱说话技巧里面，你就基本学会一半了。

Chapter 5

女人何苦为难女人

我一贯觉得，女人这么高级的动物，不应该为难女人，去跟男人斗才是本事。所以，面对这些专给同性下绊子的低级女人，给她们一点儿教训也不是坏事。

Chapter 6

恋爱雷区：那些棘手的难题

男人有种奇怪的被害妄想症，就是无论多穷或者多富的男人都很害怕女人爱的是他的钱而不是他的人。这种被害妄想症的心理我们暂时不去探究，总之你们一定要记住，男人非常爱用“爱不爱钱”这种事情来试探女生是不是真心。

Chapter 7

不吵架！呵护一份难得的感情

我在私信里，常常收到的问题是："怎么我们感情就淡了呢？""为什么感觉他不再爱我了呢？"除了热恋后，脑子里多巴胺不再分泌，你常常有口无心的一些话也在伤害着你们的感情哦。

Chapter 8

完美的恋爱关系，只能靠女人自己

在男人对你有好感，你们没成为男女朋友时，他们患有"你说什么都是对的，哪怕是胡说也有部分值得参考的"综合征。当你们成为男女朋友后，男人的病症就会变为"我没有观点，我的观点就是反对你的观点"。

Chapter 9

万能的小提示

不要怕无理取闹。整本书都在教大家怎么得体懂事，好害怕大家都会变成紫薇哦。不作的姑娘没有人爱，这是真理，所以除了得体大方以外，大家还是要学会作，只不过要掌握分寸。

Chapter 1

只要男神不死，

你就有机会追到他

对待男神最大的秘诀叫作沉得住气。首先，每天跟自己说100遍：只要男神不死，你就有的是机会追到他。所以，你看中一个人，不要急吼吼地冲上去表白，被拒绝也不要死乞白赖，仍然可以做朋友。被当成好哥们儿也没关系，只要经常出现在他生活中。进则可登堂入室，退也可防竞争者。

搭讪陌生人

姑娘们,你们一定有一见钟情的时刻吧。突然发现男神居然出现在自己的生活中,我要怎么办? 今天就来分享一下,怎么样搭讪啦。

搭讪这件事,最重要的两个原则:第一,不要让别人觉得尴尬,冲上去问电话、问名字,男生也会尴尬的,而且会莫名其妙,不知道你要干吗;第二,就是目的性不要太明显,男生天生就是猎手,并不喜欢女生太主动。所以,我们就算搭讪也要搭得有礼有节有技巧。

首先讲完全陌生的搭讪。基本上分以下两种场合。第一个是很安静、很固定的场合,就是人不会走来走去,男神相对稳定地坐在一个位子上,例如:图书馆、上大课的教室。这时候,老师要分享的是,

“分享法”，意思就是发现一件有意思的事情。我自己在新东方上课的时候，就曾经用这个方法搭讪过一个男神。那时候，教我们的老师正好有一个怪癖，被我发现了。于是，我就在上他课的时候，坐到了男神身边，碰碰男神的胳膊肘（注意这个肢体动作，可copy）。他其实是很认真学习的人哦，我碰他，他抬头还是皱着眉头的（好性感）。然后，我小声说：“快看，老师手掌张得很开，用力贴在讲台上的时候，就是要放屁了，你看你看。”然后，老师真的很给面子地放屁了，虽然声音不大，但还是听得到。男神立刻就笑了。我和男神迅速成为拥有共同秘密的好朋友，关系一下子拉近了。当然，放屁这个梗你们不要照抄啦。图书馆一定有抠脚丫的、打呼的、传纸条的，重点是和要搭讪的男神分享一件有趣的事情，让你们从从未讲过话的陌生人变为同伙。

第二个是很嘈杂、很热闹的场合，比如酒吧。酒吧搭讪最需要的是——眼神！对，你没有看错。盯着你的男神看，不要移开视线，直到他发现。此时，你立刻垂下眼睑，要慌乱一点儿。然后，过一会儿，再做一次，再隔久一点儿，去上厕所也好，拿纸巾也好，经过他身边一次。经过的时候慢一点儿，眼睛瞟他一下，确定他在看你的时候，若无其事地走过去。回到座位以后呢，和朋友们喝喝酒，完全不要去看他咯。如果他还没有主动来和你搭讪，继续把眼神对视这个招数再玩一次。这一次，眼睛不要往下看了，如果他也看向你的话，你就微微笑一下，再把眼神移开。这样，他就有90%的概率会上来和你说话啦。好的，如果他真的非常害羞或者旁边有人不方便，还有一个大招，有人曾经这样做成功过，仅供参考：眼睛直视他，含着笑，一步一步妖娆地走向对方的卡座（平常在家可练习），当对方以为你是准备过来搭讪的时候，转个弯到隔壁桌，借个打火机。再拿着打火机，对他微笑。相信我，除非他不喜欢女人，否则真的没有理由不过来了！

搭讪同事或不熟的朋友

上一篇讲了一下搭讪陌生人的方法，这里主要和大家研究一下要搭讪的是不熟的同事、朋友的朋友，要怎么办呢？

我个人认为，最好的方法当然是通过你们共同认识的人组织一次聚会，然后在聚会中熟起来。

好啦好啦，知道你们又会说，没有共同的朋友啊，难道就眼睁睁地看着他溜走吗？那么，老师再分享一些和不熟的同事、朋友的朋友搭讪的方法。

首先，同事有一个你很大的便利之处，就是基本上每天都能看到。那么，请他帮一个忙是最好不过的了。如果你比较了解他的专业背景，帮的忙就可以是跟工作相关的。如果你们的工作八竿子也打不着，那么，还有一种忙是可以请他帮的，而且完全不会错，那就是——体力活。换个水呀，拎个东西呀，都是非常好的借口哦。是的，你又会说，那么完全不在一个部门，不在一个办公室，只是开会的时候偶尔碰到的那种同事要怎么办？还有一种忙啊，叫作人情世故的忙，这个跟专业没有关系，跟体力也没关系，完全出于想从前辈那里讨教经验。比方说，新人不太熟悉公司环境和工作流程，或者不知要怎么和同事相处，你可以问问他，只要他不是跟你一样的新人，一定会很乐意和你分享。我建议你开头可以这么问："好像××老板很严肃的样子，(事实严不严肃不重要！)可我看开会的时候，他对你却很和颜悦色。我看见他就很紧张啊，怎么能做到像你一样谈吐自如呢？"这种问题，他不会以为你是来搭讪的，也不会觉得突兀，更不会防着你。人，都好为人师！尤其是男人，总觉得比女人懂得多！同时，你还可以用一种仰视崇拜的角度看他，他对你的好感会噌噌噌地往上涨哦。

这种搭讪方法，还有一个好处，就是你知道，无论他帮了你什么忙，你都有借口感谢他，请他出去吃个饭。这样，你们两个人就能单独相处，正式开始互相了解了。

如果是在聚会上，朋友带来的朋友，就更好处理了。因为这样的局，这个人必定是很多人都不认识的，也就是说会拘束，会一个人傻傻地坐在那里。你呢，如果是主人，或者和主人很熟的话，就主动走上前和他说话，问他东西好不好吃，因为今天有点乱，会不会怠慢了他。你知道，在很无聊、有很多陌生人在的场合，有一个温柔体贴的女生照顾，男生是会非常感激的，同时也会对你印象很深刻。如果你也是朋友带来的，那也没关系啊，就一起吐槽一下——我们都是"拖油瓶"哦，会有一种同是沦落人的感觉。

朋友圈的大用处

如果你微信加了一个你感兴趣的人，第一件做的事情是什么呢？当然咯，你会翻看他的朋友圈。你们真的要感谢现在有这么便利、好用的东西，老师年纪小的时候，一认识一个感兴趣的男人，几乎就是要通宵Google他，拿到他的全部资料。毕竟孙子说得好：知己知彼，百战不殆。不打无准备的仗嘛。同样的，那个加了你的男生也会一样看你的朋友圈哦。所以，今天我们就来聊一聊，在恋爱里，朋友圈到底有什么用。

第一点，当然就是老师常说的，P自己的照片！一定要P得美美的。但是注意，不要夸张！不要P得太不像自己，而且不要放太多自

拍照，特别是吃饭拍的食物，尽量放去旅游的，或者在画廊、博物馆和工作中的照片。你要传达给别人的是你是个很忙碌的人，不是每天都在闲逛、都在抱怨生活、都在对着镜子自拍。男性都是视觉动物，当他看见你的照片，就会想起来："哎呀，我的微信里还有一个美女呢，我怎么不去聊一下"。很好，这样，他要么会给你评论，要么就会开小窗跟你说话了。

第二点，就是经营自己的朋友圈。大家一定知道朋友圈有分组功能，就是你发的内容，可以选择性给别人看到，而对方并不知道自己是被选择的。这样特别好，也就是说，你可以扮演各种类型的人。喜欢音乐的，你可以发一些歌曲链接；喜欢心灵鸡汤的，你可以发一些林奕华金句；喜欢文艺的，你可以发一点儿柴静的书选段；喜欢科学的，可以发一点儿苹果产品的最新消息。总之就是，你可以配合对方的需要，打造各种不同的自己。

第三点，就是谨防损友。朋友圈有个特别大的毛病，就是你不知道谁和谁是好友，也就不知道下面的评论会被谁看见。所以，如果你发了一张意在针对男神的自拍，很可能引来一些多嘴多舌的人评论，什么"P得也太过了吧""哇，在哪儿疯呢"……看到这样的，不要手软，全部第一时间删了。以防万一！

第四点，注意对方动态。注意对方可不是让你每天去评论的，相反，千万不要过于频繁地给喜欢的人评论。这样做要么显得你很闲，时时刷朋友圈；要么会让他察觉出你很关注他，时刻注意他的动态。就算你真的时刻注意他的动态，也绝对不要表现出来，把他提过的歌曲啊、句子啊、喜欢的东西啊等任何细节，记一件或者几件在脑子里，下次见面聊天的时候自然地说出来。相信我，他一定会惊喜不已，觉得这个女人怎么和我这么志趣相投，这才是朋友圈的正确用途。

以上的重点都不算重点，重点还是那句老话：不要活在微信的世界里，走出去，尽情地约会吧。

怎么问出他有没有女朋友

遇见一个心仪的男生，第一个反应就是想知道他是不是单身，这是非常正常的。如果你跟他还不是很熟，怎么知道这个情报呢？

当然就是通过你们共同的朋友去问啦。这个不需要老师教吧。

如果你们连共同的朋友都没有，那就只好自己动手，丰衣足食。第一种方法叫作旁敲侧击法。可以先随便找任何一件事赞扬他，比方说他中午带的便当，就说："好棒啊，带家里的饭菜，女朋友好贤惠啊。"如果他没有女朋友，他一定会说："是妈妈准备的，我没有女朋友。"或者，你可以指着他的衬衣说："这件衣服真好看，很衬你，看来你女朋友很有品位呀。"如果不是，他也一定会告诉你：是他自己买的，他还没女朋友啦之类的。注意！如果他没有说“我没有女朋友”这句话，说明他有女朋友的概率非常高！因为一个单身男人，是恨不得在自己脸上写上“单身，可约”四个大字。而且，如果他急吼吼地告诉你他自己没有女朋友，也是对你有好感的一种表现，至少是一种潜在的态度：我没有女朋友，妹子你要不要来试一下？

第二种方法叫作：“我可能搞错了”法。这个方法的具体操作，就是找一个机会，比方说，送他两张票，或者任何情侣一起用或女孩子用的东西给他。装作很随意地说：“啊，买错了，闲置真的很浪费，送给你女朋友吧。”如果他没有，会立即跟你说：“我没有女朋友啊。”这时，你就可以说：“哎，我上次听说你有女朋友，还交往挺久了，是我弄错了吗？啊，一定是我记错了。”或者“我上次在××（任意地点）附近，看见你和一个女孩子走在一起。本来想叫你，看你们那么亲密，都不意思了呢。不会是我看错了吧，呀，好丢脸，幸亏没叫你呢。”反正一切都是你搞错了、看错了不行啊，近视不行啊。

第三种就是直接问啦。直接问这件事也是非常需要技巧的。比方说，你不能直接冲上去问他有没有女朋友。如果你们不是很熟，人家会觉得你是个爱打探别人隐私的讨厌鬼。我个人建议找一个比较

轻松的场合，比如公司聚会、朋友出去玩这种场合，走到他身边，装作非常随意地说："哎呀，好烦啊，我妈又催我相亲。你呢？有没有这个烦恼？"摆出一副我们在聊天，彼此分享的态度，比较容易消除对方的警惕感。

最后要提醒大家的是，正常男人有女朋友都会非常坦然地说出来，因为这又不是什么见不得人的事情。如果一个男人对自己有没有女朋友这件事扭扭捏捏、遮遮掩掩，那么他就是有，只不过这个女朋友可能在异地，也可能他不是很满意，他想骑驴找马。不管哪一种，这个男人是渣男肯定跑不了了啦。

如何把男生约出来

为什么异地恋死得快？为什么跟你在微信或者QQ上聊得火热的男人开始变得冷淡了？因为男人跟金鱼一样，看不见，很快就会把你忘记了，所以不要待在网络的世界，要走到现实中来。今天，我们就来说，怎么把男生约出来。

第一步，当然就是少上网啦。你可以试着把QQ挂着，但是无论他怎么跟你说话，都不要理，憋到死都不能去点那个闪烁的企鹅头像，要拿出逛淘宝就剁手的决心！很晚的时候，回一条“啊，出去一整天，居然没关电脑”，然后就几天不上网。一定要让别人觉得你是个在现实生活中有很多乐趣的人，而不是一个无聊空虚不上班，也不上学，甚至连游戏都不打，整天浸泡在网上的人。

第二步，就是在各种社交网络上放满你旅行时美美的照片。最好不是自拍，自拍要少放，频率是一个月2 ~ 3次，显得你有自信，但是不自恋。无论自拍还是旅行照，都要美美的！这样会提醒那些记忆只有7秒的男人，“哇，原来朋友圈里还有这么一个大美人”。

第三步，就是在微信交谈中，逐渐引起他出来见面的兴趣。比方说，谈论最近上了一部电影，表示你很想去看，但还没有想好约谁一起；最近，朝阳公园开了台湾士林夜市小吃一条街，表示好想找个人一起去边吃边逛。这样，一般get到的男生就会主动约你了。

如果他还不现身呢？你可以试着稍微明显一点儿，比如说一件生活中有趣的事情，说到一半，然后说：“哎呀，这样说太累了，而且要附上表演才更生动，改天见面跟你详细说哦。”或者呢，他说到什么事，你就非常遗憾地说：“可惜现在看不到你的脸，好想知道你的表情是怎么样好笑或怎么样囧。”重点就是把话题往见面才能表达、见面才能解决这个方向引。不出意外的话，他就会紧接着问你：“那我们哪天见面呢？”

如果你说，你真的不知道哪些事情会让男生觉得有趣，万一他觉得不听也无所谓，怎么办呢？那么，最后一种方法就是你直接约他吧，但是直接约可不是傻乎乎地说："我们见面吧。"说话依然要有技巧哦。比方说，约他一起去唱歌，你说："一起去唱KTV吧？"很生硬，很容易被拒绝。我们可以这么说："听说你唱歌很好听，我们几个朋友准备一起去KTV，你要不要一起？"或者"我们打算去远足，听说你非常有登山经验，好希望你能一起去啊。"这样成功率会高很多。

千万不要对男神表白

同学们最容易挂的一科叫作表白，一定是受太多浪漫电视剧和电影的影响了，你要相信，某些编剧为了浪漫、为了场景好看、为了票房可是什么鬼情节都写得出来的，当然包括女生主动表白、主动求婚的。但是，老师一定要重申一万遍：女生表白就跟武侠小说里脚一点地就能飞檐走壁一样，这！不！科！学！

常常收到私信说："老师，表白后，男生说还是当朋友。"你们都没有认真看书啊！我说了多少遍不要表白，不要表白！为什么不听老师的话！划出来的重点你们都不背，注定要挂科啊！不表白就不会给他正式拒绝的机会，你总有机会出手，暧昧比表白对你更有利。

表白是封住自己的退路啊，傻姑娘。

对待男神最大的秘诀叫作沉得住气。首先，每天跟自己说100遍：只要男神不死，你就有的是机会追到他。所以，你看中一个人，不要急吼吼地冲上去表白，被拒绝也不要死乞白赖，仍然可以做朋友。被当成好哥们儿也没关系，只要经常出现在他生活中。进则可登堂入室，退也可防竞争者。

对待男神第二个秘诀叫作分寸感。不表白就是知道分寸，表白就是把自己逼死。如果他不喜欢你，表白以后，你们会非常尴尬，他也会觉得是不是不要耽误你，大家可以做朋友，但也要疏远；如果他喜欢你，他就会表白，根本不需要你一等再等。所以大多数情况下，他不表白，那就是时机未到，绝不能轻举妄动。

好了，那么不表白，我们可以说什么呢？我们拿什么来暗示男神呢？其实男神不是傻子。你喜欢他，你以为他真的不知道啊，他只是在默默享受你对他的好。好了，有人说，我不想这样不明不白的，不如来个痛快的，那老师告诉你们不表白我们要说什么。

话要反着说，如果你一定要你死我活，不成功就成仁，那么以下的话，你可能还有30%左右的机会能赢。

我喜欢你，我们在一起吧——打叉，错误答案。

正确答案：

“我很不喜欢你，因为你的存在让我的状态很不对。我本来是个有什么说什么的人，因为你，我变得说话吞吞吐吐，我做什么事都魂不守舍，尤其是看见你对别的女孩子笑的时候，我难过极了。我觉得这样很不好，很影响我的状态。那我们先暂时不要做朋友吧，等我能够真正把你当普通朋友的时候，我们再恢复友情好不好？”

这一段所谓“恶人先告状”的告白，就是利用男神不想失去一个朋友的心理。你知道正常表白是“你需要多一个爱人吗”的逻辑，而这段表白是“你想要失去一个爱人吗”的逻辑。人总是贪婪的，这样的表白，你搞不好会赢回来。但是，老师还是不推荐，这是下下策。

好，说一下已经表白被拒的怎么办。首先不要太把男人的话当真，什么“我一直把你当好朋友”，他们还一直把自己当金城武呢。然后，找个机会随意地说明自己没表白，他会错意了。不要太认真解释，也不要说和别人打赌，更不要说是开玩笑！让他半信半疑，这时，他可能开始好奇你，对一个人有好奇心就是喜欢的第一步。恭喜，你可能扳回了第一局。

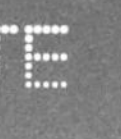
NOTE

Chapter 2

约会时，我们跟男人聊什么

大家要把约会的过程当成一场侦探游戏来玩。你需要多知道一些他的资料才能破案，才知道他是不是杀(真)人(命)凶(天)手(子)。

第一次见面到底要聊什么

私信里很大一部分问题都是："第一次见面到底要聊什么啊？尤其是相亲，没话讲真的很尴尬啊。"

老师是个话痨，是遇到电线杆都能跟人聊半小时的人，也常常会被直男堵得说不出话来。今天，我们就来总结一下，如何在不出手把他们劈死的情况下，友好地进行交谈。

一般来说，我建议最保险的话题就是聊星座、血型、生肖这种每个人都有，而且不大会出错的话题。当然，你一定有可能遇到理科生说："我不信这个，地球上60亿人怎么可能只分成12类。"没有关系，这时候，有两种回答分支，一种是转移话题，还有一个是："我觉得星

座可以大概分类嘛，起码可以粗粗了解对方啊。”如果他仍然说：“这很不科学。”那你就可以把问题抛给他：“真的吗？那你觉得怎么样看人比较准呀？”

第二个话题就是兴趣爱好，这个话题比较大。为了让对话不无聊、枯燥，我比较建议从吐槽开始，比方说：“最近上映的那部电影你看了吗？我觉得好蠢啊。”不要怕对方和你意见不合，让他说出自己的观点，和你讨论，或者试图说服你，都很好啊。

第三个话题，好的，你仍然可能碰见没什么兴趣爱好，或者兴趣爱好是网游这种你完全插不上话的男孩子。那你可以全程做捧哏的，说“对”“哇”“真的”“好赞”这种毫无意义的水词。如果你不想聊，也可以开启一个万能的话题，就是蔡康永老师说的聊“吃”，因为99%的人都觉得自己是吃货，而且一个人，他总有一样喜欢吃的吧。

第四个话题就是，老师也碰见过对吃也没有任何兴趣的人，对他来说吃一顿泡面和吃一次日本料理完全没有区别。这样的人也是可以聊的，你可以说：“啊，那你的人生乐趣呢？”老师再次强调，不要怕有不同意见，这都是交谈的开始。

老师总结一下，以上只有一个共同点，就是把话题给对方，把舞台让给他，让他尽情发挥。

当然，还有一种可能就是你遇见完全不搭话的人，任何问题都用“嗯”“哦”“啊”“不知道”“不清楚”“大概吧”来回答的人。这样的人呢，我建议你问一句：“是不是被逼来相亲的？”这句话不是要你打开话题哦，而是用来回到家，和你爹妈告状的。如果你不喜欢相亲，可以拿着这句话小题大做：“爸妈，女儿尽孝了。我也是你们的掌上明珠吧，就算是相亲，你们给我弄来一个这样完全不理人，还说自己是被逼来的。我是有多差、多嫁不出去啊，在你们心里我到底是什么样啊，呜呜……”如果你不反感相亲，还想有下一次相亲机会，就可以拿这个话跟介绍人说：“谢谢阿姨，今天啊，我不知道是不是自己表现不好，对方一直不怎么讲话，最后说自己是被逼来的。阿姨，我是不是让你为难了？”介绍人肯定对你充满内疚，回头就把那个男的骂一顿，下次一定帮你物色一个好的。

三个问题，快速了解一个男人

女孩子们通常有一个误区：如果我足够有趣，他就会对我有兴趣。然后，你们就会在他面前不自觉地讲笑话，而且越讲越夸张，如果他没笑，你就会紧张。你就会紧接着讲第二个，如果他笑了，你感觉自己得分了，又接着讲一个。再下来话越来越多，约会变成了你一个人的表演。最后，你们成为了好兄弟。

为什么会这样？女孩子有趣不是一件好事吗？我只想你们冷静下来想一想，女谐星真的会让男人产生要跟她交往的冲动吗？贾玲、宋丹丹、吴君如都是很出名的女谐星吧，你问一下你身边的男人，想要做她们的男朋友吗？啊，老师并没有攻击她们的意思，以上三位我都很喜欢，只是好笑、有趣这件事，让男人去做吧，哄我们开心是他们的天职啊。一旦你也好笑有趣，直男只有4M的大脑处理器，就会把你判断为“同性”，很容易产生哥们儿的感觉。谁要当你哥们儿啊，老娘辛辛苦苦讲笑话给你听，是想跟你在一起呀。

那么，在约会的时候，不有趣，我们要怎么办？只要对他有兴趣就够了。我在上一本书里面就说过，把舞台留给他。人都很有倾诉欲，不知道大家发现没有，在聊天中，如果话题关于自己，大家其实都愿意聊。所以，大家要把约会的过程当成一场侦探游戏来玩。你需要多知道一些他的资料才能破案，才知道他是不是杀(真)人(命)凶(天)手(子)。

我个人的方法介绍如下：一般我会从三个方面进行“找线索游戏”。分别是：理想、人生和情感。也就是说，大家可以背一下下面的三大问题，然后根据不同情况，发散出自己的小问题。老师要再一次提醒大家哦，一定要活！学！活！用！

第一类问题：理想。你可以试着问他：“为什么会做现在这个工作啊？”如果他是热爱自己工作的，那么可以问：“这一行最有趣的是什么呢？”这里一定要加一句：“以你的才华来看，一定不是赚钱

那么简单。”好了，问到这里，你基本可以歇两个小时了。他一定会大讲特讲自己的理想、梦想。如果他不喜欢这个工作，依然可以问：“那你本来想从事什么工作呢？”这里还能加入的问题有：

“对自己有什么计划呢？”

“在这一行得到过什么贵人相助吗？”

“想自己开公司吗？”

……

这一类问题主要是让他敞开心扉，你可以了解这个人的见识、学识和对将来的规划。

第二类问题：人生。这一块的问题，只有一个：“如果你可以跟一个人交换人生，你希望是谁？”无论他回答谁，你又得到两个小时的喝茶时间哦。这个问题，听他答完，什么东西对他最重要，你就知道了，他个人的兴趣爱好你也了解得差不多了。

第三类问题：情感。这一块的问题也只有一个：“如果要用四个字形容你的一生，你会选哪个词？”这时候，他会陷入思考。为了不让约会像采访，你这时可以主动提供说：“我爸爸就觉得‘义薄云天’可以形容他。他别的优点没有，就是特别讲义气，因为这个还吃过不少亏呢。你呢？”这个不仅能给他一点儿时间缓冲，还能让他有启发。（原谅直男，他反应不过来。）最重要的是，你可以知道这个人能不能看清自己。

三类问题问完，你对这个人基本就有判断了，不管你愿不愿意继续，至少这个男人对你敞开心扉了。相信我，在他心里，你已经变成一个“懂他的”“体贴的”“懂事儿的”“适合娶回家的”好姑娘了。如果他也回问一句：“那你呢？”恭喜你，那就说明他对你充满了兴趣哦。

怎么样做一个好的聆听者

其实大多时候，每个人说话时，都是希望有人听而已。所以我建议，在交谈中，先把自己“藏起来”，把舞台交给男生，满足他们的倾诉欲望。

这时候，怎么样做一个好的聆听者呢？

面部表情：

以微笑为主。正面对他，坐直身躯，目光凝视他的眼睛（此时可戴美瞳），随着他的话，轻轻点头。对视五秒到十秒之后，转移视线。过一会儿，重复凝视的动作。

根据话题的反应:

表示精彩:真的吗?哇,好棒!

表示同意:确实是,我想了一下,我也会这样。

表示生气:怎么会有这样的事?

表示震惊:你是怎么做到的?

表示佩服:啊!好厉害!居然会想到这种方法。

听到他幽默或者故作幽默的玩笑话:骗人!我才不信呢。

注意,以上各种反应,都要配合娇俏的表情,丰富一点儿不要紧。不要怕人家觉得你是个大惊小怪的傻子,傻乎乎的妹子比高冷的美女要更可爱并更容易让人想亲近。

语气语调:

声音一定要轻,细声细气,一方面表现出你有教养,不在大庭广众下大呼小叫;另一方面,你声音小,男神听不清才会靠近你。

肢体动作:

男人在面对你侃侃而谈时,可以偶尔拍拍他的肩膀,好像帮他拿掉一根头发或者线头。等他回头看肩膀又看你的时候,你对他笑一笑,这样会一下子拉近两个人的距离。这一招非常好用。在女人像猎豹一样的职场,男人突然感到这种浸润式的温柔,会十分激动,会立刻跪倒在你的石榴裙下。

在话题出现一个短暂的停顿时,给他加水,或者拿餐巾纸轻轻擦拭桌面的水渍,这是在表达你的温柔。但是注意,这个动作不适宜过长,否则显得你心不在焉,好像赶快干活回家接娃的钟点工阿姨。这样做时,要表现得像一个爱干净的萌妹子。

如果是在酒吧的吧台交谈,两个人面对面坐着,我建议你把手肘轻轻搭在桌上,用手撑着脸,凝望着他。

还有两个小技巧和大家分享:

第一个,在和男神说话前,把你的手机调成静音,并且翻过来摆在桌上。一副不想被打扰,我只想全心全意和你聊天的样子。记住,这个动作务必要让他看得清清楚楚。如果他问起:“万一有电话找你怎么办？”你可微微一笑：“什么电话也比不上和你说话重要。”(当然啦，你可能要事先通知一下大家，你在飞机上，有事请留言之类的。)

第二个，如果你完全学不会上面的反应万用词汇，或者他讲的内容无聊无趣到你不停地掐自己大腿才能保持不睡着，但看在他长得像李易峰的分儿上，你又不舍得走，我们要怎么样把这种无聊对话进行下去，又不让他发现呢？老师有一个技巧，叫重复他上一句话的最后一个词组，同时配合各种语气。

比如：

“李易峰”：想想一个世界强国居然不敢对一个无赖国家动手。连沙特都不如。也门的事碍着沙特什么了？人家就敢搞个多国部队去干预！

你：多国部队？去干预？

“李易峰”：沙特是不是特牛，沙特为什么牛？就因为……

再比如：

“李易峰”：你知道吗？听说央行宣布信贷资产支持证券发行实

行注册制。在央行之前，证监会、银监会已经将资产证券化由审批制改为备案制。央行这么做说明啊，中国资产证券化银行间和交易所两大市场彻底告别审批制。

你：告别审批制？

“李易峰”：对，告别审批制就意味着……

这样，其实你可以完全放空，想想晚上吃什么，下一次在哪儿约会……他也完全不知道你根本没听他的高谈阔论。

相亲时，有些话不要说出来

既然是相亲，那么就本着大家好来好去的基本原则。老师前面讲了该说什么，这一篇特意提醒一下大家什么样的话不要说。

第一，不要指出对方的缺点。人家几斤几两自己知道，就算不知道也不需要你提醒，如果你很看不惯，只是相亲，又不是领证，你走人就好了。不用告诉对方你火眼金睛，一下子就看出来人家不爱运动、黑眼圈太重、衬衫领子立起来了。（虽然衬衫领子立起来这件事很土，但是品位不好不代表人品不好，还是属于可以挽救的。）

第二，不要泼冷水。就你聪明，就你厉害，就你能一针见血。你肯定会听到他聊一些不切实际的幻想、一些不着边际的创意，你心里

翻了一个白眼，住进了50个华妃，也请给我保持住脸上的礼貌，好吗？他说："我想做一个帮人上门做饭的APP。"你说："呵呵，已经有了，还有好几个，你凭什么觉得你会成功？"好啦，这种话他每天可能起码要听100遍呢，不需要坐在咖啡厅还要听你的训。你要真的很烦，那就放空，想一下今晚的PPT怎么做、明天的业务考核还剩几个知识点。

第三，不要争论输赢。你赢了一个路人有什么好骄傲的，相当于你在微博上吵架赢了，能发工资吗？能得到吴彦祖的爱吗？不是辩论赛的任何场合，都不需要争论，那样只会让人觉得你咄咄逼人。而且，你知道男生都爱面子哦，本来人家可能不想跟你唱反调，被你一番有理有据的炮轰后，他就要跟你吵到底。要不然就算你赢了，这样做对你有什么好处呢？你想一下，你生活中遇见一个这么喜欢较真的人，你除了觉得"他真傻"以外，会发现他好有真知灼见哦。人类就是这样喜欢赢啊，那你就让他赢嘛。你真的有高深见解，老师说过应该怎么样？对嘛，你有闺密啊！

第四，不要把话题绕到自己。老师之前说过同理心的原理。把对方说的话和自己结合起来，会引起对方的好感，但是这个很容易变成自我主义。比如对方说，我大学毕业去了美国深造。好的聊天方法是，回答：“我很喜欢美国，你去的美国哪里？”虽然联系上了自己，但重点还在对方身上。糟糕的方法是：“哦，好巧，我也留过学，我大学毕业去了澳洲，澳洲真是一个很好的地方啊……”

男人啊，固然喜欢漂亮的女孩子，但是最后他们都选择了那一个“和她在一起很舒服”的女孩子，做一个让男生“如沐春风”的人，从这一篇开始哦。

跟男人约会，什么样的话题不要聊

和男朋友约会，到底要聊什么，老师已经说过了。这一篇要讲的是什么不要聊，遇到这些话题，最好跳过。

第一种叫作有争议的话题。比如辩论赛最喜欢用的话题：杀死一个人可以救一车人，要不要杀呢？高考差一分进重点，要不要复读？死刑应该取消吗？这些话题，如果不是工作上的需要，朋友之间，尤其男女朋友之间，真的不要讨论。如果意见不合，很容易吵架，弄得大家不欢而散。而其实，无论谁对谁错，跟你们的生活、感情没有任何关系，为什么要用它来影响你们的感情呢？如果你真的对这些问题非常感兴趣，我的建议是和志同道合的闺密谈，去网上找相关的论坛，和网友谈，真的不要拿出来到约会的地方谈。

第二种叫“我很倒霉”的话题。这个话题其实有一定技巧性。如果你能做到把“我很倒霉”这个话题说得像好莱坞喜剧演员一样引人入胜，我非常鼓励大家拿出来谈，而且你一下子就会吸引在场所有人的注意力。但是这个难度很大，分寸很难把握，一旦过了，你又变成一个女喜剧演员。女喜剧演员是不会吸引男神的。如果你讲得不有趣，这个话题就会变成：我倒霉，全世界都对不起我，我好难过，你们应该陪我一起难过。那么，约会的气氛就会变得很压抑。现代生活已经很苦了，大家出来是想轻松一下，而且这年代谁身上没几个悲惨故事啊，要不你看选秀节目，人人都能出来哭惨，就你这点破事还好意思拿出来博人同情？

第三种叫“夺人眼球”的话题。比如在吃饭时就不要讨论不雅的话题啦，好好的朋友聚会，就不要讲恐怖片啦。

那些惨案之所以成为新闻当然是非常不寻常，但是大多数人聚会完全不想听这些。有一辈子都不敢看恐怖片的少女，有听到猪大肠都要呕吐的绅士。所以，你真的对这些话题很感兴趣的话，不妨找网上同好。亲戚、朋友、男朋友见面，避免这些好吗？（男朋友也喜欢这个的例外。)

第四种叫无聊的话题。这类话题包括:小孩长牙了,小孩会爬了,小孩会翻身了;宠物长毛了,宠物阉割了,宠物发情了;化妆品打折了,化妆品出问题了,化妆品效果惊人了。这些都不要聊。

第五种叫八卦话题。这类话题尤其不要对男朋友讲。男人真的对八卦的兴趣很欠缺,尤其是那个人他不认识,除非是特别震撼的八卦。注意:邻居的八卦,千万不要和男朋友分享。这件事很容易让你变成一个只知道家长里短的市井妇女,这种八卦请和妈妈分享。

第六种叫政治、环保、动保科普话题。凡是涉及这一切的,都尽量避免,因为很容易无聊、很容易偏执、很容易聊不下去。

老师建议大家呢,一旦发现对方眼神飘忽、看手表、看手机、看别处的时候,就立刻对照上述所说的反省自己,赶紧转换话题。

怎么回答“你想找一个什么样的男朋友”

你是不是常常会被问到这样的问题：“你怎么还没有男朋友，是不是要求太高了？”你会觉得很委屈：我身高、长相适中，我要求对方有车有房，提的要求一点儿也不过分啊，为什么老被人在背后嘲笑，说我癞蛤蟆想吃天鹅肉呢？老师要说的是你提出的择偶条件完全没有错，也很合理，人想过好一点儿的生活是应该的，但是，你要知道，给你介绍对象的大姐、大妈们并不这么认为。

你觉得自己提的要求很清楚、很直接，不是更方便找到那个对的人吗？并不是这样，相亲的人里，有很大一部分是你这辈子只见一面的，完全不需要说得这么详细。比如：“你有房吗？”“你有车

吗？”“我不跟公婆同住。”就好像一个陌生男人问你：“你胸部有D罩杯吗？”这是很没有礼貌的。

所以呢，老师今天要告诉你们，怎么提出择偶条件，既能满足你的要求，又能留有余地，还能让大爷、大妈们，甚至相亲对象都觉得非常悦耳。

所以，下面的标准答案希望大家好好背下来。

第一，老实安静的/活泼爱动的。这个不过分吧，很踏实吧。大家听了都很高兴吧，这是个大方向，人一般分两种，爱静的和爱动的。你先把不要的那块刨了。大爷、大妈、亲戚们给你留意起来也很方便，而且把这个放在第一位，也显得你不是很势利，毕竟还是个以人品为重的孩子。

第二，学历和我一样的。这个听起来也不过分吧，我自己大学本科毕业，我想找个至少和我一样学历的，很合理。如果有留学经验或者硕士、博士就更好啊，这样过滤了很大一部分不适合你的，而且妈妈听到这种条件，应该会很支持啊。无论是为了你们的幸福，还是为了下一代的基因，找一个有文化的，这不算虚荣。

第三，养得起我的。这个一定要跟“媒婆”们讲清楚。我不做家庭主妇，也不要求他养我，但是如果万一我怀孕了，妊娠反应很严重，没办法上班，他总得有养得起我的能力吧，大家总不能喝西北风吧？这个其实就规定了他的经济能力，如果月入3000块钱还要还房贷的，根本没办法承担啊。这个听起来是不是也很合理？

最后一点，要说得到一块儿的。这个就是我们所说的退路了。他万一真的满足了上面所有的条件，你要怎么和大爷、大妈们交代呢？又不满意？你要的条件都满足了呀，车子、房子都有，月薪也不低啊，你这姑娘怎么挑三拣四的！所以“说得到一块儿”，就是个最好的托词，任何你的不满意，都可以从这一条出发。

最后的最后，是你对亲戚们、邻居大妈们的态度，虽然催婚是很烦，但是如果有这样一批活跃在各个战线、各个家庭的“人民好侦探”，帮你寻摸着男神，是一件好事啊。不要搞出人畜退散的气场，好像给你介绍对象就是侮辱了你一样。发动群众才能开展大规模战争，在将来发生矛盾、情敌出现、第三者冒头的时候，你要知道，群众站在谁的背后，谁才是真正的赢家！

Chapter 3

恋爱前戏，
高情商的说话技巧

直男有一个本能叫作：渴望被肯定。有一句有魔力的话，叫作：我相信你能做到。他们会恨不得四脚着地去替你完成。

搞暧昧的关键词

为什么我们要搞暧昧？我们上来就讲清楚大家要不要在一起不是很好吗？可是人类的感情不是那么简单，又不是水龙头，开一下，就哗地喜欢了，明天水龙头一关，马上就可以忘记得干干净净。感情都是很复杂的，你也很疑惑，我明明不喜欢这个人啊，怎么他追别人我就不开心了呢？其实暧昧啊，是每一段感情的开始，也是每一段感情里面最美好的时光。

那么，我们到底要怎么样搞暧昧呢？搞暧昧的关键词是什么呢？

第一个词是关心。这个关心是比普通朋友的关心多一点儿，又

不是特别明显。硬要说你是热心的、关心朋友的人也可以解释得通。这种关心是男人最吃不消的。在现在女孩子都自由、独立、任性、有个性的时候，温柔体贴是永不过时的优良品质。具体怎么做呢？关心他，就是在每一个细节里提醒他，比方说，发短信给他："今天好像要变天咯，要记得加衣服。""看你今天感冒了，有没有吃药？我正好路过药房，给你买了。"

第二个关键词就是提及。这个词的意思，就是让男人觉得你一直会想起他、注意他。具体做法呢，就是看到你生活中的任何东西，比方一块石头、一朵花、一家饭店、一条路，都可以发给他，配文：想到了你。至于为什么，你可以编。最好是一起去过啦，一起吃过啦，他吃饭时提起过啦，等等。但是次数不宜过多，否则会显得矫情。

第三个关键词就是特别。每一个人身上都一定有和别人不一样的习惯、爱好等。比方说，有的人不吃香菜，有的人吃西瓜放盐，而你需要用一双慧眼去发现。只要一个就够了，可以反复拿出来说。你知道人类是很喜欢把自己特殊化的，每个人都是世界上唯一的花，就算自己不是最美、最好、最强、最有钱的，至少可以做最特别的啊。你就是要满足他们的这个心理，所以要反复强调他的特别。

第四个关键词还是特别。这个特别，就不是他个人的特别，而是他对于你来说是特别的，第一次一起去看歌剧的人，第一次让你感受到世界不一样的人（这种词很好编吧），等等。总之无论如何，他对你有特殊意义，他是在你生命里留下不一样痕迹的人。这样的话，男人听了一定会对你刮目相看的。

把握住上面这四个词，恭喜你，你基本学会了暧昧。老师要提醒的是，暧昧有时并不是一对一的哦，你买个菜还挑三拣四呢，谈恋爱怎么就不能好好比较了？你单身，你有魅力，你情我愿，又不骗人，又没强迫，到底有什么错？

绝对不要问的话

当一个男生邀请你一起参加朋友的婚礼，你作为他的同伴出席；当一个男人出差或者过年回家把自己的狗寄养在你家；当一个男人买新房子想请你帮忙提供参考意见；当一个男人喝多了总是喜欢打电话给你。这些时候，你一定很想知道，他到底喜不喜欢你，你一定很想让他给个痛快话："你到底要不要和我好？"

我完全能够明白你的不安，我也能够明白你心里既舍不得离开他，又很想搞个清楚的心情。但是，请相信我，姑娘们，如果你问出下面的话，你一定得不到让你开心的回答。

你一定会很想问：

"我们到底是什么关系？"

"你把我当成什么人？"

相信我，你得到的答案一定是："我们是好朋友啊。"你一定在心里大骂："谁要跟你做朋友哦，我花了大价钱买新裙子陪你参加婚礼，大风大雨天去遛狗捡狗屎，就为了跟你做朋友啊？你以为跟你做朋友会天天中乐透，还是每天上班在公交车上有人发钱啊？我是为了要和你好、要跟你结婚！"

所以，请千万不要问出上面的两句话，一旦你被定性成好朋友，就很难往前走，好朋友还不如暧昧着。不但不要问，如果你遇见他朋友开玩笑问你们什么关系，你反而要抢在他之前回答："我们只是朋友。"大家一定要搞清楚男人的猎人属性，再懒的男人都是猎人，一旦发现猎物好像并没有很乖、有逃跑迹象时，他们反而会奋起直追。

第二个绝对不要问出的话，就是"爱不爱我"。同样，老师也很理解你们，大家已经做情侣好几年了，你又不求婚又不分手；回家就会看电视、看报纸，交流很少，也不像当初那样抱着喊人家"小甜甜

了”;我已经站在窗边仰望45度含泪半小时了,他也没发现;我说好渴哦,他也不端茶递水,而是继续玩iPad……怎么回事?你们直男是不是依然爱我?爱的话怎么不跟我讲?我们真是巴不得你天天讲、时时讲,去上班了还要发微信讲,虽然会说“你很烦哎”,但是心里爽翻了。没错,老师懂你们!

可是一段恋爱进入瓶颈期,男人就会觉得:哎,我爱你不是告诉过你吗?干吗一直重复做无用功啊!有一首非常有名的欧洲民谣:玫瑰是红的,紫罗兰是蓝的,如果我没说我不爱你,说明我正爱着你。所以,如果男人在不是节假日,没任何征兆下,突然跟你说“我爱你”,你才要担心呢。他不是做了什么失败的投资,就是出轨了哦。

所以不要轻易问“你爱不爱我”,也不要轻易说“我爱你”,如果你真的忍不住,很想表达,请把这句话改成:我恨你。这句话一定会给你带来一个非常幸福的夜晚哦。

来自直男的金钱考验

男人有一个非常奇怪的特点,就是很害怕你爱他的钱。很奇怪对不对?爱你的英俊你不生气,爱你的钱你倒生气了。英俊是你天生的,你并没有努力啊,爱你的英俊有什么好骄傲的?而钱是你靠自己的努力赚到的,女人爱你的钱,为什么会生气?我不懂。这件事我曾经问过很多直男,得到一个大概最接近事实的答案,那就是:爱他的英俊,女人拿不走,爱他的钱,女人可是要花掉的。

反正,男人对这件事的害怕跟害怕结婚差不多。我认识一个非常有名的有钱人,他经常喜欢装成自己的司机去追姑娘,然后看着她们对着自己嫌贫爱富的嘴脸,心里有一种异样的快感(这可能是

变态吧)。总之,女人常常会担心你到底爱我的外貌,还是爱我的灵魂;男人常常会担心你到底爱我的人,还是爱我的钱。

老师要在这里给大家分享一些小的经验,帮助大家解决这个无聊的问题。

男人一定会问一些关于钱的问题:

“我没钱了,你还会爱我吗?”注意,此题的回答,不能简单地说“爱”,这显得假。当然,更不能说不爱了。你要不屑地说:“你有过钱吗?我跟你的时候你就是个穷鬼啊。”或者回答:“正好我养你啊,你给我生个大胖小子。”这两个回答呢,都体现出你爱的是他的人,无论贫富都会和他在一起。

单独消费的时候,自己付钱。比如,你去做头发、做指甲,请朋友吃饭、唱歌。他如果没有参与,只是来接你,或者在你做头发的时候陪着你。这时候,无论如何,要坚持自己付钱。不要让男朋友觉得你好像在算计他的钱,这就会让男人变得对钱格外谨慎。

购物时,多对比。相信我,你有多恨球赛,他就有多恨逛街。反反复复对比,一来让他觉得逛完街这件事遥遥无期,为了尽早解放,他会赶紧给你埋单。二来,他发现你试穿的衣服越来越贵,就会越发后悔没早点买好就走，为了阻止你看更贵的衣服，他可能会提出："就买这个吧。"这时候，你需要低头说："还是买刚才那件吧，便宜点。"

时时刻刻准备着零钱。停车费、买饮料等等，都要抢着付钱。

偶尔请他吃一顿大餐。这点很重要，加薪啦、升职啦、有什么喜事啦，带着男朋友去好一点儿的餐厅，摆出爱吃什么随便点的架势，不但能增加两个人的情趣，也会让你们的关系更加平等。

当直男问你假设的问题

直男是一种非常缺乏想象力的动物，比如我们在路上看见一个年轻女人开着兰博基尼，脑补的是她运用各种《甄嬛传》里面的手段：小三上位，假装怀孕……获得大款的爱，收获了这辆豪车，但是大款的老婆不甘心，每天让人找她麻烦，甚至派出杀手。没想到这个小三连杀手一起诱惑，反过来去对付大款的老婆。大款老婆的爸爸是俄罗斯黑社会老大……起码可以拍50集电视剧。而直男看见了，满脑子都是这个年轻女人性感妩媚地向着他们招手。所以，他们的全部想象都用在对这个女人身材的幻想上，仅此而已。

所以！重点来了。如果男人问你假设的问题：

“如果我出轨,你会怎么样?”

“如果我爱上了别的女人,你会和我离婚吗?”

“如果我不爱你了,你会难过吗?”

“如果我欠了一屁股债,你还会和我好吗?”

“如果我骗了你,我是已婚的,你会恨我吗?”

但凡男人问到这一类的问题,说明这些已是事实,说明他已经爱上了别人,他已经不爱你了,他欠了一屁股债,他是已婚的。他之所以用假设的方法提出来,是不知道怎么跟你讲。老师之前也说过,直男是很㞞的。为什么很多男人要分手时会直接消失?因为他不敢跟你讲,怕讲了实话,你要崩溃,你要纠缠着不放,你要弄死他。但是又到了不得不摊牌的时候,一部分直男就会自欺欺人地想先用“假设”的问题,来探探你的底。所以,当你的男人问出你以上假设问题的时候,意味着警铃大作,必须重视了。

还有一种假设问题是相亲的时候我们最容易遇见的:

“如果我们结婚了,让我妈跟我们一起住,你有什么想法?”

“如果我们一起买房,我付首付,咱们一起还贷,但房产证上只写我的名字,你能接受吗?”

“如果我们结婚,你能负责全部家务吗?”

“如果我们结婚,你打算生几个孩子?”

“如果我们结婚以后,我还是和好几个女性朋友保持亲密关系,你会反对吗?”

这些问题呢,虽然并未发生,但是表明它很有可能会发生。上一类的假设问题是过去完成时,这一类就是将来时。也就是说,这些假设的问题,是将来会发生的,是他的打算。他自己也觉得不是很合理,所以先用假设的语气问你,万一你反应很激烈,他也可以说:“只是问问嘛,你不要太激动。”

对于这类问题,要怎么回答呢?老师的建议是,微微笑着问他:“你为什么会这么问呢?是真的打算和别的女人保持亲密关系吗?”他一定会回答:“就是问问。”你就可以接着说:“对嘛,我看你也不像这种厚颜无耻的人,是不是有这样的狐朋狗友?千万不要被带坏哦。”

如何回答男生问“你喜欢我吗”

刚开始交往的男生问：“你喜欢我吗？你想我吗？”这种话，女生要怎么回答？如何回答能既大方，又暧昧，又不会肉麻？如果他问：“你想我吗？”你回：“想啊。”他就：“哦。”两个人就没话讲了。

老师一直说，话题要有延续性，要有可聊性，尤其在初期，绝对不能说：“天气好好哦。”对方：“哦，对哦。”这都是一聊必死的话题。

所以关于“你喜欢我吗”这个问题怎么回答才能继续聊下去呢？没错，就是细节。比较好的回答是：“想啊，正好在想你上次吃饭时说的那个笑话。”或者是：“嗯，很喜欢你送我回家，主动开车门这个细节。”这种回答，既没有正面回答想不想或者喜不喜欢这个人，又好像回答了他的问题。关键是，你们可以顺着这个问题继续聊天。

比方说：“啊，上次那家饭店的菜真好吃，你可真会挑地方。你平常就很爱吃粤菜吗？”这种话题，就很容易让对方接下去：“对呀，我在广东工作过三年。”或者回答：“经常请客户吃饭，对饭店还挺熟的。”你就能够挖掘出更多关于对方的讯息呀。加油！不要让话题死在你的手上。

那么，如果两个人的关系更加亲密了，男生对你表白了，要怎么说最合适呢？

我们假设一个情况。

错误回答：

男人说：“我养你吧。”

你：“我为什么要你养，我能养得起自己啊。”

这在男人看来，就是赤裸裸的拒绝。我想女生的意思可能是，我有工作能力，我们在一起可以平等地生活，我不需要你来养呀。但男人的重点不是真的在“养”，而是“把你交给我来负责吧”。

错误回答：

男生："我养你吧。"

女生："你养得起吗？"

这在男人来看，就是羞辱，你在质疑他的能力。女生可能只是不好意思，或者面对表白手足无措，好像说一句这样防卫性很强的话，就能有安全感。其实她不是真的在问"你工资多少，你养得起我吗？我一个月要花5000块钱"，她只是在等待男人进一步肯定说"怎么养不起，卖血也得养啊"。但相信我，男人真的领会不了女人的潜台词。

正确回答：

男生："我养你吧。"

女生："真的吗？可我吃得比较多哦，养我可能很费钱，但我会努力少吃点！"

相信我，这样的回答换来的一定是拥抱和热吻。

当然，还有很多男生的表白是："我喜欢你。"千万不要回答："哦。"哦你个头啊，你是老师阅卷吗？也不能回答："好的。"好什么好，你到底是喜欢还是不喜欢啊！更不能回答："谢谢你。"人家在

表白，又不是给你让座，你谢个什么鬼，是不是还以为自己很高贵优雅，看多了美剧的后遗症！

面对“我喜欢你”的正确回答是：“咦，这是表白吗？”

得到男人的肯定回答以后，你接着说：“那我可就当真咯，你可不能反悔哦。我也喜欢你。”

为什么你总遇到不会说话的男人

这个问题呢，来自我在微博上分享的一个姑娘的私信。大意如下：那个姑娘问我："我男朋友要去玩滑翔翼。我开玩笑和他说：'以后这种极限运动要买保险哦，受益人填我。'男朋友回答：'要填也肯定不会填你，肯定填我妈。'我问为啥，他说：'万一你拿了高额赔偿金改嫁了呢？我家啥也得不到。'我听到这里非常难过，如果是我买保险，受益人就会填他啊。我相信他会好好照顾我妈，他竟然这样揣度我、不信任我，真小气。我们就吵起来了。你觉得是谁不对呢？"

姑娘会不会说话我们等下再聊，很多评论里都说，这个男朋友讲话也很难听啊，什么叫"要填也肯定不会填你"，这种人早点分手

的好。我看了以后，就觉得一定要写这一篇——《为什么你总遇到不会说话的男人》。

其实你的对象就是你的镜子，你是什么样的人就会遇见什么样的人。这就是为什么尔康这种矫情男会爱上紫薇这个做作女，他就算硬要和晴格格在一起也是不会幸福的。说话也是一样，你对对方说出什么样的话，对方也会怎么样回答你。你想一下，如果你是态度温和、语气柔软的人，你男朋友会天天对着你吼吗？反过来，我们常见的在马路上对打、对骂的情侣，谁也不是省油的灯。

我们再回过头去看这个私信。为什么她男朋友说话会不这么悦耳呢？那就是因为，谁去玩极限运动的时候，想听到保险这种事啊。你是在盼着他死吗？不能说点吉利话吗？不会说吉利话，能说点鼓励的话吗？上来就是买保险，还要受益人填自己，感觉你就差拿着刀子去割人家的安全绳了。姑娘可能只是开玩笑，但是谁喜欢听这种玩笑啊。你出门开车，有人说句“你要出了车祸，把苹果电脑留给我吧”，你能高兴吗？谁听了这种话，心里没气呢？他会说出“要填也不填你”就很容易理解了，因为他是带着情绪的嘛。

所以，老师在这里要反复叮嘱大家，不要老在对方身上找问题，他为什么会对你说出你不爱听的话，想一想自己是不是说出什么伤人的话了。不要老埋怨男朋友对你说话态度不好，你又不发工资给他，他没有必要在你恶言恶语下还礼貌相待。两个人的相处，在很多时候都喜欢指责对方，都觉得“我之所以跟你吵架，都是因为你态度不好”。为什么我们不从自己做起，变成一个态度很好的人呢？这样对方也很难对你口出恶言啊。

我的保险经纪人跟我说了一个故事。一对夫妻去她那里买意外险，老夫少妻，老公大概比老婆大二十多岁。填受益人的时候，丈夫还没开口，妻子就说：“填你儿子吧。毕竟他妈妈没了，又从小不在你身边长大，填他是应该的。”男人很感动地说：“我出了意外，也应该留笔钱给你呀。”妻子抱着老公说：“你干什么我都跟你在一起，出了意外的话，我也和你一起死了啊。”男人感动得老泪纵横，又买了一份人寿险，受益人写了她。

同样是上面那个私信，如果一开始的对话不是这个方向，而说出正确的答案，对着男朋友甜甜地说一句“要当心哦，即使玩滑翔翼的时候，心里面也要想着我”。我相信她男朋友也绝对不会说出什么没好气的话了。

事实是怎么样的一点儿也不重要

我们在生活中一定会常常碰到这样的事情，男人剪了个奇丑无比的发型，或者穿了件庞麦郎同款皮夹克，神采飞扬、兴致勃勃地问你："怎么样，好看吗？"这时候，应该回答什么？很多人会说："丑！"

我要告诉你们，大错特错。首先，这已经是事实了，你说好丑，并不能改变。其次，他如此兴致勃勃地告诉你，是要和你分享快乐，而不是来受你打击的，就算不好看又有什么关系呢，你的意见并不重要啊。你只需要摸摸他的头说"很可爱啊"就够了。

原来姐姐我也是觉得，自己有想法为什么不能说出来呢？明明就是很丑啊，做个直率的人不好吗？可是，请问这么做有什么好呢？男朋友觉得你这个人很没劲、说话冲，或者完全不懂得审美（虽然直男的审美才是真的差），结果就是不开心呗。

我有个朋友是做古董鉴定的。有一次，我和他去一个大明星家玩。大明星是个收藏爱好者，满屋子都是各种“破烂”。大明星得意地拿起一个破瓶子说：“元青花，怎么样？”我朋友说：“好东西！”大明星又拿起一个在地摊上大概20块钱的瓷马说：“唐三彩，别人送的。”我朋友说：“谁这么大手笔？”大明星整个晚上都乐呵呵的，宾主尽欢。出了大明星的家，我非常不解：“你怎么撒谎呢？我这种外行都知道是假的。”他却说：“假的又怎么样，他又不卖给我。大家图个开心不好吗？”

你们说，这个朋友是不是非常聪明？同样的道理，男朋友又不会逼你也剪一个同样的发型，或者把身上的衣服让你买一件，你说句好话，很难吗？

反过来想哦，可能大多数人都像你这样想，说他的发型难看，只有你觉得不错。他是不是觉得你比较懂他？是不是更愿意跟你分享他的事情？是不是会促进感情？再往深处想一想，他就这样丑丑地出门,不是惦记他的女人少一些吗?

再给大家一个提示,那就是剪头发还好,衣服这件事,你有没有想过,是谁给他买的?他自己买的就算了,如果是他妈买的,你不是在完全无意识的情况下已经得罪准婆婆了吗?

好,看到这里,你可能会说,我真的说不出口:“很可爱啊。”要怎么办?世界上不是只有一个形容词。你可以用很多非常温柔、非常委婉的方法来回答这个问题——“很精神”“很清爽”“很干练”都可以嘛。如果你实在连这么委婉的词也说不出口的话,老师还有别的建议,叫作:绕开话题,不直接评价。例如你可以说:“在哪里剪的?哦,××那里啊,是不是在××商场附近?要不然到旁边电影院看个电影,听说×××电影上映了呢。”或者:“今天怎么想到去买衣服呀?是陪阿姨逛街了吗?阿姨最近好吗?”

好了,做一个有自己观点的人很好,但自己的观点不必时时刻刻都说出来。事实到底怎么样真的不重要,重要的是你要什么样的结果。

有一些词绝对不要用

今天，老师要给大家三个小锦囊。三个锦囊分别装着三个词，希望你看过以后就把它们烧掉，这辈子都不要使用它们。它们看起来或者说起来没有恶意，但听着让人家很不爽。

第一个词，就是万恶之源——“但是”。所有“但是”后面跟的话都很容易让人反感。比如，男朋友说：“你看我的衣服好看吗？”一般什么成功学书籍都教你说：“大体上很不错，但是，衬衫必须换成深蓝色才和裤子搭。”我们要做到更好，大家尽量不要说“但是”。想想看，我们把“但是”换成“而且”，这句话这么说：“很帅，很衬你，而且，如果你把衬衫换成深蓝色的，就完美了。”为什么换一个词会差那么多？“但是”表达的是转折关系，很容易让前面的表扬前功尽弃，“而且”表示递进关系，对前面的表扬都是肯定的。所以要记住哦，把所有的“但是”换成“而且”。

第二个词是“说实话”。谁要听实话啊。以我个人的经验来讲，一般“说实话”后面都是负能量的话。“说实话，你穿这件衣服很胖。”“说实话，你讲的事情一点儿意思都没有。”“说实话，你游戏打通关根本没什么了不起。”“说实话，你对我们的关系一点儿都不认真。”“说实话”这个词，真的是实话吗？“实话”本人同意你这样打着它的幌子说话吗？我要听你表扬我！任何说实话后面的话都给我咽回去。每次你打算用这个词起头了，停住，思考一下。这句实话不说，会不会地球毁灭，会不会生死攸关，会不会婚姻破裂？如果不会，把话收回，要么微笑，要么点头。如果你打算谈一下这些严肃的话题，也绝对不要用这个词开头。试着把“说实话”换成主观性比较强的“我觉得”。

第三个词是“我早就说过”。试想一个情境，你手机丢了，你男朋友说：“早就跟你说过手机要放好吧。”你被男朋友甩了，你闺密说：“早就跟你说过这个男人不靠谱吧。”你心里怎么想，是不是已经开始骂人了？同样反过来，你对别人说这个词，别人心里也是一万句脏话翻涌着。这句就是典型的马后炮，除了能显示你的聪明外，一点儿好处都没有。事情已经这样了，你这么聪明怎么没能阻止呢？怎么没挽救呢？所以在任何情况下，就算你真的“早就说过，早就猜到”也没有必要说，因为对事情已经毫无帮助了。在人家受到挫折、遇到困难的时候，完全不需要表现出你的聪明。这句话在任何情况下都不要说、不必说。切记切记。

“我相信你能做到”

我有一次和一个女性朋友出去吃饭，她叫了一杯果汁，送上来的是橙汁。她才想起刚才说错了，她想要的是西瓜汁。于是呢，她叫来服务员，问能不能换。服务员说不行。她对着服务员双手合十：“拜托，我都还没喝呢。帮我试试看好不好，我觉得你一定可以办到的。”服务员想了想把橙汁端回去，一会儿给她送来了西瓜汁。

这就是非常聪明地给对方戴“高帽子”，想要麻烦对方帮忙，或者巧妙认错的时候，这一招都非常好用。

我有一次需要把一份文件给公司的销售经理。由于我很少进公司，在经理办公室门口，看见一个穿西装的，我就直接把文件给了他。晚上回到家，我发微信跟经理确认有没有收到文件。经理说没有。我们对了半天，才知道我由于脸盲，把文件给了总经理。第二天，我到总经理办公室去认错。他说：“重要的文件怎么可以随便给人呢？这样很容易泄露商业机密……”我听他说完，抬起头，认真地说：“非常抱歉，我以后一定会注意的，但是真的是因为经理您看起来很可靠、很容易让人相信的样子呢。”总经理听了非常高兴。

所有直男有一个本能叫作：渴望被肯定。有一句有魔力的话，叫作：我相信你能做到。他们会恨不得四脚着地去替你完成。你说“我相信你能做到送我特别心仪的新年礼物哦”，他们大概就会省吃俭用好几个月给你买个香奈儿包包；你说“我相信你能做到让我在闺密面前有面子”，他们可能会咬咬牙租个法拉利接送你上班。

直男非常脆弱，从小就在父母各种和“邻居小孩”的比较中艰难生存，进了社会又因为觉得自己是男子汉，必须扛住，等等。所以一句来自女朋友或者女性朋友的肯定以及委以重任，他们大多数都会尽最大可能完成，以维护他在你心中是真的值得托付的形象。

我有个同事，每次和男朋友吃饭，男朋友问她吃什么。她很不爱动脑筋，都说“随便，你挑吧”。有一次，她男朋友说：“你怎么都是随

便？”她用了我的方法来回答：“对呀，因为你选的餐厅都很棒，所以交给你，我是最放心的啦。”从此，她男朋友乐此不疲地担任着“选餐厅大使”的任务，再也没有抱怨过一句。

所以，各位姐妹们，记住这些充满魔力的句子，并且经常使用它哦。

“我相信你能做到。”

“我能依靠的只有你了。”

“没有你真的不行呢。”

“果然是只能拜托你才能完成啊。”

说话温柔的技巧

老师在上一本书有教过，怎么样说话会温柔、会嗲，你们还记得吗？

我们再粗粗复习一遍。

1. 多用语气助词——嗯啊哦喔，能加尾音尽量加尾音。

2. 多用问句代替祈使句。把水递给我，改成：“宝贝，能把水给你快渴死的媳妇儿吗？”

3. 多用叠词。“贱货”说成“贱贱的”，“狗男女”说成“狗狗男女”。

4. 杜绝粗口。“放你的屁”改成“屁啦”，“滚”改成“讨厌”等。

5. 绝对不要用第三人称称呼自己，那不是嗲，是蠢。

你们还记得这些吗？如果上一本书学习得很好，那么今天，老师就来补充一些技巧性的小贴士。

我们刚刚说，不要用第三人称称呼自己，也不是全对，是说不要用名字、公主之类的，我们可以用一个万能词来代替——人家。

“人家要生气了哦。”

“为什么要这样说人家啦？”

“亲爱的，还在生人家的气吗？”

第二个技巧呢，就是“嗯嗯”，这是比较高阶的配合动作的撒娇方法。

比方拉着男朋友的手臂，耍赖：嗯（第一声）……

买好吃的：嗯（第二声）……

买到了好吃的：嗯（第四声）……

重点是，抱着男朋友的胳膊不放，或者头在他怀里蹭，或者从背后搂住他蹭脸。

总之，不达目的不要停，不间断发出这种“嗯嗯”声。不要问我原理，我也不知道，我只知道每次这样都会成功！

第三个叫作噘嘴。这个比较简单啦，就是做委屈状。但老师建议，这个动作要配合无辜的眼神、可怜的眼神、水汪汪的眼神效果更好。平时没事，你们又那么喜欢自拍，一定要勤练习这种动作。

很多女孩子就算学会上面所讲的，也觉得很生硬。那么，老师要教大家一个比较偷懒的方法就是——台湾腔。在我的很多视频底下，都有人在问："你明明是大陆人，为什么说话一股台湾腔？"对啦，我就是要台湾腔怎样啦。你们试试看，把这句话用普通话翻译一遍："我说话就爱用这个腔调，怎样！"是不是凶很多。

男孩子台湾腔很娘，女孩子台湾腔就很嗲。打开任意一个台湾偶像剧或者台湾的综艺节目，不用看，就放在旁边听，就跟练英语听力一样。长期熏陶，你就会练就一口台湾腔。不要怕身边的人羞辱你，真的，等到你的口头禅从"削你信不"变成"人家好难过哦"，你就成功了。

男人绝对比女人更是听觉动物，为什么说嘴甜的女孩子过得好，因为就算你说的都是假话，都是屁话，只要是好话、表扬的话、软软的话，就有人受用。

照例，送一个金句给你们，每次想发火的时候，不能动手，不能骂脏话，要甜、嗲地发火，我们应该怎样说呢？请记住这个句子："你怎么可以这样对我！"（配合单脚跺脚。）

犯错不要紧，你要会认错

呵呵，谁人不会犯错，谁人不会犯了错又继续犯错。虽然我们每天要原谅直男800遍才能继续和他们相爱，但是我们自己每天也要作800遍，还经常没有把握好尺度而惹得鸡飞狗跳。比如情人节，你说“我并不想收花啊，好俗气哦”。真的不买，你又要觉得“好小气哦，情人节花都不送”。比如很大方地对男人说：“你送的礼物我好喜欢哦。”转头就去商店把他挑的丑衣服退了，换成鞋子。

犯错不要紧，只要会认错。

那么，老师今天就来说说，怎么样认错。

第一种叫作不打自招法。就是在被指责之前，赶紧认错。我有

个女朋友是购物狂，有一次她出去旅游把自己的卡、老公的卡都刷爆了。她回家和老公吃完晚饭，老公刚准备刷碗。她大喊："放着我来！"她老公很好奇："今天怎么这么勤快啊？"她可怜兮兮地说："我把今年一年的生活费都花光了，还不得好好表现啊。"顿时，她老公就乐了，卡刷爆的事情也就不了了之。在别人指责之前，迅速诚恳地认错，很容易得到谅解。类似的情况还有：

"我可能把今晚的晚饭做坏了，你要不要先吃点胃药？"

"老公，我犯了一个大错，你打我吧。今晚本来约你吃饭的，但我又约了闺密看电影。对不起，回家一定补偿你。"

第二种叫厚颜无耻法。如果你实在来不及在老公发现之前承认自己的错误，或者老公发火之后，你才发现自己错了，这一种情况下，先收住自尊心，不要跳出去说："你什么态度！我不就是犯个错吗？有什么了不起的。"这样不但不能挽回局面，还容易造成更大的争吵，完全没有必要。这时候的建议是：拉着老公的衣角、袖子说："不要生气啦，你就当我是全天下最小最小的小孩子。"（这句真的很恶心对不对？但我告诉你效果惊人地好！不要问我怎么知道的，哈哈哈！）

第三种叫哀兵必胜法。如果以上两种都没起到作用，这时候，你可能就需要一个道具：泪水或者眼药水，然后眼泪汪汪地看着男人：“我知道错了，我好难过。”这没有完！这只是第一步！等男人气消了，接着靠在他怀里：“我错了，但我不知道你会这么生气，好吓人。以后我错了，你就小声一点儿告诉我，不要凶我好吗？你一凶我，我就慌了，好像全世界都塌下来了。”（仍然很恶心对不对？但我告诉你，你说完这句，就不是你认错，男人会反过来认错。）

第四种是无理取闹法。这一招比较适合不是很严重、无伤大雅的错误。总的来说，就是“什么都怪到老公头上的方法”，理由如下：

“都是因为你逛街的时候不陪我，人家才会乱买嘛。”

“都是因为你不提醒我，人家才会约了闺密，忘记和你的约会嘛。”

“都是因为你没有每天说你爱我，我才会乱想啊。”

“都是因为你太忙了，我才劈腿的。”（没有啦，开玩笑，这种事不对的啦。）

总之，一切的理由都是因为我爱你，而你不够爱我。虽然叫无理取闹，其实是另类撒娇法，基本上小错误都能变成一场温馨的和好哦。

好啦，看到这里是不是很激动，很想去犯个错误试验一下呢？快去吧！

NOTE

Chapter 4

情话系：

跟想亲近的人更近一步

情话这个东西，最大的敌人就是你自己，只要你说服自己，无论多恶心、多肉麻的东西都能说出口以后，你就会融会贯通，灵活运用。不说别的，学会说情话，恋爱说话技巧里面，你就基本学会一半了。

这些情话是毒药

我们这代人其实很可怜，从小看的言情小说都是琼瑶奶奶的，里面的人都不会好好说话，弄得我们谈恋爱好尴尬，真的不知道怎么跟男朋友说情话。现在我一开口就是："宝贝，我好喜欢你哦。"我男朋友就会非常警惕地说："又要买什么？"天哪，真的不能让人好好抒情吗？

我有一次做节目，遇见了83版《红楼梦》里面晴雯的扮演者。大家都知道她的爱人苏越因为一些原因入狱了，然后她息影几十年后出来赚钱给爱人还债。反正整个采访非常感人，录影棚里所有的人都哭得稀里哗啦的。录完了，我男朋友来接我，我握着他的手，掏心

掏肺地说:“如果你坐牢了,我天天给你送饭。”你看,我以为这是很真心的表达方式。你们知道我男朋友的反应吗?他满脸不爽:“你干吗要诅咒我去坐牢?”

这就是直男!他们的思维直来直去,一句话,他们就只能从字面意义去理解,完全get不到我们的深情厚谊。后来,我就发现了,所有关于死、分开、失败、穷困、倒霉这类负面字眼用到他们身上的情话,男人都听不懂。

例句:“你死了,我也不会改嫁。”——你居然咒我死!

“你破产了,我也不会离开你。”——有病啊!我破产了,你有什么好处?

“我不嫌你穷。”——穷?!新年礼物不买了!

“船沉了,我就和你一起淹死。”——我不想死,要死你自己去!

不信你们去试试,用这些话对男朋友说说,保证你得到的回答是:“你就不能盼我点儿好啊?”直男怎么会懂我们庞大的精神世界呢?他们一旦听到这些字眼,第一个反应就是:不吉利!不要听!不可能!根本不会深入分析。

女生阅遍言情小说,大多都喜欢这类悲剧性的情节,然后自己作为坚定不移的女主角。真的，随便幻想一下就够了，大多数的男人不会像韩剧里面那些欧巴一样配合的。想一下，你听到他说："你不能盼我点儿好啊？"你是不是很想发火？是不是很想说："我在示好呀，你不配合，还凶我。你给我滚！"这样就很容易陷入恶性循环中。

好的，那么什么是良性情话呢？什么样的情话，男人很喜欢听呢？请翻开下面一页哦。

对直男说“我爱你”的更高级句式

我有个朋友有一次问我：“你觉得我长得帅吗？”我看了看他，长得跟王宝强似的，出于礼貌，我说：“还可以啊。”结果他对我邪魅狂狷一笑：“没想到古天乐在你眼里，就是还可以啊。”我听了真的差点儿吐血，男人对自己外貌的认识度这么差吗？是的，没有一个男人认为自己不英俊，所以表扬他外表的情话排名第一。

“你好帅哦。”

“你好英俊。”

“你很有气质。”

如果他长得真的不咋地，说这些话，你自己都说服不了自己，不妨在这些表扬上面加一点儿后缀。

“你长得很像吴彦祖呢，如果你去剪一个跟他一样发型的话，我一定会认错人！”

“你要好好打扮一下，练一下腹肌，就是小王力宏啊。”

第二类情话是：“离了你会死”系列。

老师说过，男人最需要的就是被肯定和被需要。我们也会常常看见分手的时候，男人给你的理由是：“她更需要我。她离了我会死，你这么棒，你离了我可能会好好的。”切，谁信啊，你离了她试试，她要死了，我给她陪葬。但是男人不会让你这么做，因为他真的相信，另一个人更需要他的保护。好的，为什么你不做一个这样的女人呢？

“天哪，要不是你，我绝对不认得路，你怎么这么棒！”

“感谢上帝，没有你，这台电脑就完了。”

“Baby，你真的是我活了20年最好的礼物。没有你，我可怎么办？大概就会坐家里发呆吧。”

第三类是：你是最懂我的，我也是最懂你的。

你知道，在恋爱关系里面，只有两种模式是最不容易分手的：一种是他的起居生活、胃口全部依靠你，你就像他第二个妈一样无微

不至地照顾他；第二种就是精神相通的，至少男人觉得你们是相通的。所以，关心他关心的事情，赞美他喜爱的事情，对他的各方面观点表示赞同，甚至能说出一些更高级但是一致的意见。

更高级的做法是：持相反意见，振振有词，然后被他说服。这一招非常好用。每次男人把你说服比在其他地方征服了你还要有成就感，他认为是在精神上征服了你一次。

第四类就是：把你们的恋爱细节用匿名的方式写在微博上。而这种细节呢，绝对是只有你和他知道的。他一看，就会会心一笑的。男人不知道多喜欢这种"你知我知"带点儿神秘的调情方法。

之前，我曾有一个男朋友，和他在一起的时候，我写了很多情话。后来，我们分手了。交了新男朋友之后，我们在一起超级开心，我根本没空写这些。有一天，新男朋友翻看了我的微博，顿时就吃醋了："为什么他有这种待遇，我就没有！"当时，我灵机一动，动用了情话界最高级的武器："宝贝，我对着你根本写不出情话，因为你就是情话本身啊。那些情话我无论怎么写，都不能表达我们之间的万分之一。"不夸张地讲，我男人听了，当时感动得眼泪都要出来了。

所以情话这个东西，最大的敌人就是你自己，只要你说服自己，无论多恶心、多肉麻的东西都能说出口以后，你就会融会贯通，灵活运用。不说别的，学会说情话，恋爱说话技巧里面，你就基本学会一半了。

表扬直男的具体台词：初级版

我有个朋友在和一个长得不错且是成功人士的男人交往。她翻到我的书，里面有说，表扬男人：你好帅、你好聪明、你好厉害。她就用这三句去表扬男人，得到的回答是："哦，我知道啊。"然后就很尴尬。她跑来找我说，你的书都是骗人的。其实，"你好帅""你好聪明""你好厉害"是三句大纲。如果运用到对话里面，必须细化，懂吗？就像方便面的调味包，是浓缩的，不能直接倒进嘴巴里吃！

表扬直男，一次只能表扬一个点，记得老师说过吗？直男脑子像容量非常小的硬盘，装进后面一句话，就会把前面的话挤掉，所以一次只讲一件事。

表演方式:先抑后扬。

表演场地:最好选一个可以谈心的地方——酒吧、家里、咖啡厅、KTV,就是两个人可以并排坐在一起,但不是单独两人的场合。最好喝一点儿小酒,微醺,绝对不要喝多。喝点小酒会显得你讲得很真诚,是真心流露。

表扬具体台词:刚进公司的时候/刚认识你的时候,觉得你是个特别粗心的人,但是相处下来我觉得可能误会你了。我记得有一次……(讲一个细节。细节无所谓真假,但背景一定要真实,例如公司去旅行的时候、上次team building、某次我交不上PPT),我非常吃惊,没想到你怎么怎么,我印象特别深刻,看不出你平时大大咧咧,其实很有内涵/修养/责任感/想法等。

这种表扬方法:第一,很真实,让直男都会相信自己真的闪闪发光;第二,显得你这个人不浮夸,很真诚,而且很感恩,这种小事也记在心上;第三,他会想:你对我有留意,记着这种小事,是不是对我有意思呢?这个女孩子看上去也不错哦,不如交往试试看。

这种方法需要注意的是:“粗心”这个词可以替换的是:浑蛋/固执/花心/很凶/很难相处这种词,就是非常主观的,而且不带人身攻击的中性词。像土、穷、丑、蠢、不知变通，就不宜用。还有千万不要涉及职业或者工作上，比如你不能对着一个歌手说：“我以为你五音不全，后来觉得你还蛮会写歌词的。”这样不但起不到表扬的作用，还会打起来。专业上的全面否定，什么都救不回来了。老师还是比较建议缺点方面的词，还是以形容性格为主。

还有一点：后面翻回来表扬的词一定要远超过前面的缺点，不能说：“我原来觉得你这个人很没有教养呢，后来发现你其实性子挺直的。”这种话完全不能让别人高兴，切记切记。表扬直男的话一定要大方，好听的话要多说，使劲儿说，相信我，一定会取得意想不到的效果。

表扬直男的具体台词：进阶版

上一篇，我们说了如何有技巧、有策略地表扬男人。这一篇是进阶版，上一篇还没有学会的同学，不要随便看这个哦，饭要一口一口吃，技巧要一步一步学。

今天，我们要说的方法，是针对相对熟悉一点儿的男人，比如，天天在一起的同事、已经交往的男友、暧昧中的男神。

表扬方式：先抑后扬。

表扬场地：任何地点，包括微信里面。

表扬具体方式：首先这个表扬是专业性强一点儿的，需要你具备一定的专业知识。比如针对男人的工作，或者待人处事的方式。

具体例子(因为老师身在娱乐圈,遇见比较多的就是男演员):

我:我看了你的戏。

男:哦,觉得怎么样?

我:我认为很不好。(同学要问了,前一篇不是说了不能说专业上的不好吗?请划重点,往下看。)

男:为什么?哪里不好?

我:你的表演很不合群。在一个电影里面,你仗着自己的表演功底好,故意用不同的表演方式和其他演员拉开距离,整个戏看起来很别扭。(同学们,你们看懂了吗?这其实就是"领导,你最大的缺点就是不爱惜自己的身体"表扬法。就算是牵涉到专业也完全可以用。但是,说到这里就好像拍马屁,对吗?请继续往下看。)

男:你这是在表扬我吗?

我:(这里要稍微严肃一点儿)完全不是,你也知道表演是一个群体性行为。你听说过一个名词叫作"舞台风暴"吗?说的就是你这种人,故意突出,而显得整部戏非常不和谐。舞台风暴又叫作舞台灾难,你知道吗?我觉得你即使演技好,也应该收着演,要努力配合其他演员,否则对人家挺不公平,挺欺负人的。(好,这里其实是有一点儿批评，但这种批评不痛不痒，尤其是演员只要听到说自己演技好，其他都不会细究。而且，这里已经完全不像拍马屁了吧，很像认真批评吧？但是，任何一个男生听到这种批评心里都会开心吧。）

男：嗯，我也尽力在收，但是忍不住，不过我这个角色也确实需要一些疏离感。

我：看得出来，你在第××分钟的那段表演有很重的丹尼尔·戴·刘易斯的痕迹。（大家注意，第二段表扬的高潮来了，丹尼尔·戴·刘易斯是谁，是全世界演技最好的男演员之一。说像他，男神要乐开花了。）

总结：这种表扬方式非常需要你和他的专业相同，至少非常了解。带来的好处是巨大的：第一，你有仔细揣摩他的作品，你把他放在心上；第二，你有品位，提的问题一针见血（其实并没有）；第三，你和他心意相通；第四，你不是脑残粉，你是有自己见解的红颜知己。

老师知道今天这一课比较难，所以这一篇，大家应该读五遍以上，加油哦。

表扬直男的具体台词：超级版

如果你已经看到这一篇，再返回去，把前面两篇反复阅读。这一篇，适合内功修炼到更高境界的你来阅读。如果你心里还抱着“为什么要这样表扬他们？我并没有当幼儿园老师的想法，不想在这样的男人身上浪费时间”的想法，我觉得你可以暂时先放一放这一篇，不要着急，先摆正心态。

为什么你用一个小时刷微博不觉得浪费时间，而花在男人身上的时间你就觉得是浪费？

首先我必须承认，“母鸡下蛋是它应该做的，并不需要表扬”这种观点有其可取之处。可是如果你表扬母鸡，它是不是就会更高兴地下蛋？所以，当男人有了微乎其微的进步，也需要表扬。小朋友学会走路，你为啥会表扬他很棒？学会走路难道不是应该的？男朋友学会了在你来“大姨妈”时不说多喝热水，至少给你端来一杯热糖水，都应该表扬啊。好的激励，才能有更大的进步嘛。不给男人恶狠狠地表扬，他怎么能学会哄女人开心这种比高数都难的学问？所以，一定要记住的就是：一点儿微弱的进步都要表扬。每天给一朵小红花，男人就会憋着劲儿拼命努力。

第二点，要说的表扬，并不是你的鼓励。为什么“要美人不要江山”这种事情能够得到流传，说明这种事情稀奇。也就是说，大多数男人是爱江山的。为什么男人爱江山啊？因为男人希望获得大多数人的肯定，而不是一个女人的肯定。为什么男人爱事业、爱利益、爱名利？因为获得社会上人的肯定是他最喜欢的东西。所以，老师今天说的第二个表扬的技巧叫作：来自社会的表扬。这时候，你不用说“我觉得你进步很大，我觉得你很厉害”，而是多用转述的语句：

“我听你同事说，你做销售真的很有一套。”

“你朋友跟我讲的，打篮球啊，谁都不想做你的对手。”

“他们都说不想和你打牌，你会算牌，老是赢，犯规！”

如果你能熟练地掌握前两篇的方法，也可以合在一起使用，比方说用一个细节来转述表扬。比如："原来你那么厉害，都不告诉我。我是听你们公司小王说的，他说之前你刚来就觉得你是个毛头小伙子，什么都不会。没想到你第一次见客户，就让客户喜欢你，还把那么大的生意都签下来了。公司人都对你刮目相看。"再配合老师教的肢体动作，轻轻拍拍他的肩膀："原来藏龙卧虎啊，以后要帮帮我哦。"

与男人交往是一个综合课程。老师讲的每一条都是分解动作，希望大家活学活用，举一反三。

让直男对你交心的三大提问

不得不说，这一课属于进阶教程。也就是说，并不鼓励所有的女生来学，因为很可能弄巧成拙。在看下面的内容之前，你真的确定之前的内容都熟练掌握，并且实际运用五次以上了吗？这是一步非常有技巧的棋哦。如果准备好了，请往下阅读。

我们之前一直讨论如何表扬男人，如何鼓励男人。这些在初期会让你迅速得到男生的好感，但是从有好感到觉得你是和他能够交心的人，我们怎样飞跃呢？老师告诉你，这一步叫作：找出男人的弱点。

首先，一个人，不管男的女的，都有自己的弱点。当他把弱点在你面前承认或者暴露的时候，那么几乎就是挖开心给你看了。

好了，问题来了，我们要寻找什么样的弱点呢？老师提供几个思路。

一个是家庭关系上面的，比方说，你可以把话题往成长方面引导，讲一些比较简短的和父母互动的趣事。或者察言观色，用言语试探："你好像和妈妈的关系比和爸爸更好呀，为什么呢？"这一句话，非常重要。他可能会跟你说出一个大秘密，比方说，他是单亲家庭，或者爸爸常年跑船驻外地，或者曾有过家庭暴力，等等。如果这一关问题，你就得到了答案，恭喜你，不要往下深挖，家庭关系这一块，就够你吃好几年了。如果他说出了自己的秘密，非常好，引导他往下说，不管是抱怨、回忆，还是愤怒，都要鼓励他一直说，并且完全配合他的情绪。如果你也有相同的遭遇，就可以说出来，引发他的同理心，他立刻就会觉得跟你更亲密了。这时候，配合使用一些肢体动作，比如轻抚他的手臂，揉揉他的头发，拥抱一下。相信我，这招要是不好使，老师把这本书吃掉！

如果他的家庭很幸福、很和谐，那么就是性格上面的。这时候，老师建议你们问一句："你觉得什么事情是最遗憾的呀？"然后先举例，说个自己的例子，比方说，"当初跳槽就好了""毕业的时候填志愿是学医就好了""我觉得我呀，就是太犹豫、太优柔寡断了"。引导男人说出对自己性格不满意的地方。说出来以后呢，同上，了解他内心最深刻的痛。

再假如，这个男人家庭幸福，性格阳光，完全没有弱点？不可能！还有感情呢！第三个问题，老师建议问："你觉得你最对不起你生命中哪个女人？是初恋吗？我听说男人最惦记的就是初恋呢。"好的，这一定能打开他的话匣子，不管是不是初恋，至少你可以知道，这个男人的感情观，甚至可以知道他的一段情史怎么开始、怎么结束。他对感情的态度，是不是适合你。最后一定会说得十分伤感，同样配合肢体动作哦。

以上三大块，基本囊括所有男人的弱点。只要他中一条就够了。他们一旦打开了心扉，那可是你想关都关不起来的。在男人心里，交过心的女人已经位置很特殊了。

提示：老师之所以说这一篇是进阶课程，就是很怕大家会掌握不好分寸，要么就是话不投机，男人觉得你这个人很爱打探隐私，要么就是聊得太投机，男人只把你当成红颜，不会正式考虑爱你。大家一定要注意哦。

直男生病了，才是最关键的一战

我的一个浪子朋友，号称一辈子不会结婚的，因为他结婚了全天下女人都会伤心。最近呢，这样一个人，给我发来了结婚请帖。我非常好奇地问了他老婆，到底有什么秘诀，驯服了这匹野马。他老婆微微一笑说："他最近进行了一个痔疮手术，要死要活的，我全程服侍。病好以后，他就求婚了。"

这个故事告诉我们：第一，男人说话不要相信，不管他说爱你一辈子还是恨你一辈子，他说了不算；第二呢，就是琼瑶小说里也有个别真理，比方说，生病的男人最好"骗"。

每个男人一生起病来，特别容易小题大做，就算只有一分的疼痛也要哼哼唧唧，让全天下都知道，“老子正在受苦，老子要死了，老子死了就是全天下的损失”。反正怎么作怎么来，真的可以理解上帝的安排，如果让他们一个月痛一次经，估计天下直男个个都活不了了。

言归正传，正因为他们很少经历疼痛，离开家以后生病又不能对着妈妈撒娇，直男心里会格外惊恐。浪子的老婆说：“做手术那几天，他整个人都是崩溃的，甚至考虑过写遗书。”她一直握着他的手，安抚他：“放心，一切有我。”浪子简直要说出自己的银行卡密码了。

同学们拿出笔记本记一下，男人生病的时候，我们该做什么：

1. 放弃一切成见，把他当成孕妇，一切无理要求都尽量满足。

2. 把他当成婴儿，给予全方位关怀，并且不停地暗示、不停地重复说：“你不是一个人，你有我，我会一直陪伴你。”这会让直男非常容易对你格外依赖。

3. 同学们哪，患难见真情，我们这个年代已经没有什么战争、逃荒、流离失所了，也没有什么泰坦尼克沉船、天灾人祸吧，就算有，大家也不是很乐意遇见，只有等他生病了，千载难遇啊。一定要把握住这次患难的机会呀，尽量表现啊。

4. 非常和蔼、非常沉稳地告诉他：“你一定可以坚持住。”并且带

上iPad、游戏机等玩具，哄他。

5. 时不时化个憔悴妆，或者趴在他床头醒来，或者外面打包一个鸡汤告诉他你熬了好几个小时（直男什么都信，不要怕穿帮）。

6. 他的亲朋好友来探病时，摆出女主人的姿态。

如果你做到了以上这些，恭喜你，就算他不求婚，至少也把“娶你”列入计划了。

好的，老师并不是要教你们把你们男人搞生病，不生病怎么办？一样的，每一个事业不得意、有经济危机、创业前期的男人都在“生病”。你知道男人无论多爱你，还是把事业放在第一位的，因为对于男人来说，“被社会认可”才是他们最大的生存价值，在这个目标没有实现之前呢，他们就会很需要一个安慰奖，那就是“爱情”或者“家庭”。所以，你认为自己是个有眼光的人，这样的男人抓住不要放弃，并且陪他渡过难关，你可能就是下一个马云夫人哦。

当直男抱怨时，我们怎么回应

我爸爸是一个非常热爱看新闻的人，他花了几千块钱装了个“锅”在我家楼顶，就为了看各种新闻台。看到激动处，他还在家里转着圈子走，边走边愤怒地指点江山、评论国际形势。我妈说：“这叫越没用的人越关心国家大事。”我为什么要说这个呢？我要告诉你们，所有直男，所有，都是这样的，都觉得自己比谁都牛，自己当领导一定管理得比现在好，自己当教练中国队早就拿大力神杯了。我说这些也不是要你们去骂直男，这是奔流在他们血液里的，觉得自己迟早要干大事。这是无法改变的！（把“无法改变”给我用红色荧光笔重重圈起来。）所以，你会发现，直男非常爱抱怨！

他抱怨的时候，绝对不要和他讲道理，因为他只是来抱怨的，道理他可能比你还懂呢。要听道理找你干吗啊，找Google、找方舟子啊，也绝对不要责备他："会不会是你自身的问题呢？"废话啊，当然是他自身的问题，难道他当不上大领导是社会的错，还是他家隔壁王大妈家的狗随地大小便的错？他想要自省自身的问题找你干吗啊，找他妈，找他哥们儿啊。

你要做的就是两件事：第一，倾听；第二，永远同意他。

他抱怨老板，你就说："他懂什么。老板都是草包，技术他有你懂吗？净瞎指挥。别理他，你最棒，宝贝。"

他抱怨同事，你就说："他嫉妒你，要不然他怎么不当老板？他嫉妒你帅、嫉妒你讨老板喜欢、嫉妒你有才华。千万当心，别被他暗算了。"

他抱怨社会，你就说："要是人人都跟你一样聪明，那你去做什么？傻子多才好啊，才能显示你的与众不同啊。"

他抱怨命运，你就说："天将降大任于斯人也。大器晚成。崎岖人生路先苦后甜。以后你一定会发达的。扼住命运的喉咙！"

他抱怨他妈，警惕！这时候，你要说："她是关心你，她出发点是好的，虽然她的观点落伍了，她不了解这个社会了，她不在你身边，不知道你的压力大，但是阿姨总是爱你的。”（绝对不能讲他妈妈的坏话，绝对！）这样在他心里，你就是个善解人意的解语花。

他抱怨他前女友，警惕！这时候，你要说：“她也有她的难处吧？她也许不是故意的吧？她只是被宠坏了吧？她只是任性，心地还是好的吧？”把所有幸灾乐祸，如“宝贝，你骂得太对了”“你之前就是瞎了眼”这些话都给我藏好，脸上也不能表露出来。他会觉得你真是一朵心地善良、心胸宽广的白莲花。

他如果抱怨你，姐妹们，这里是今天最后一个知识点，他无论抱怨你任何事情，都有一个金句可以将其化于无形：“对对对，都怪我，都怪我爱你爱得昏了头！”

NOTE

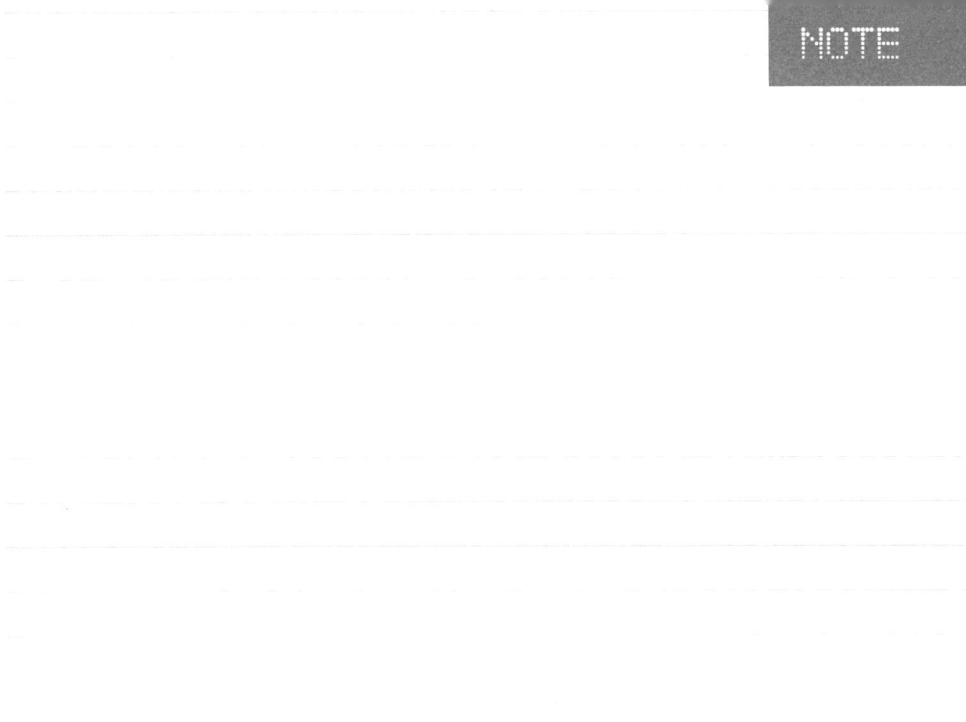

Chapter 5

女人何苦
为难女人

我一贯觉得，女人这么高级的动物，不应该为难女人，去跟男人斗才是本事。所以，面对这些专给同性下绊子的低级女人，给她们一点儿教训也不是坏事。

被同性在喜欢的男人面前挤对怎么办

有个同学发私信说，她有个女同事特别讨厌，总是在她喜欢的人面前故意挤对她。有一次公司组织旅游，她喜欢的男生也在，那位女同事突然盯着她说：“哎，你今天还特意化了妆啊。”她很尴尬地说：“没有啊。”女同事突然伸手往她脸上摸，还说：“怎么没有，还有粉呢。”她觉得非常尴尬，问我遇到这种情况该怎么办。

同学们是不是常常遇到这种情形，在喜欢的男人面前，总有心怀恶意或者故意装傻的女人挤对你？比方故意说“你的衣服很难看啊”“你好蠢，这都不会”等等。这时候，我们心里咆哮万丈：“关你什么事啊！有多远给我滚多远！”但是也不好真的骂出声，对吧？

其实这种挤对分两种，一种是在外貌上攻击你。关于这一点，我建议大家不要做包子，要半软半硬地把话顶回去。比如上面这种，如果她说："你化了妆呀。"不用不好意思，就说："对呀，化了妆气色好一点儿，不想顶着浮肿脸出来吓人嘛。"如果她说你衣服好丑，你可以微笑着说："你说丑，我就放心了。"

另外一种是智商或者能力上的攻击。这时候，就需要你全面释放"绿茶"技能。

跟大家讲一个例子。有一次，我和一个女同事在KTV玩骰子。玩了一会儿，男神推门而进，顺口问了句："玩得怎么样？"女同事立刻说："她蠢死了，十把输了八把。"于是，我对着男神说："好难哦，要不然你教我。"男神便坐在了我的身边。这一招叫作示弱。其实男生根本不会关心你们谁输谁赢，也不关心你多聪明、多能干、多会赢骰子，你只需要赢得男生关爱！我们看很多韩剧里面，是不是女主角身边都有个恶婆婆或者炮灰女配？职能就是给女主角下绊子。我们要好好珍惜这种女反派好吗？是时候体现你的主角光环了！是时候表现出你娇弱的一面了！是时候让男主角挺身而出，和你的感情更进一步了！任何时候，遇到这种情况就要——示弱！

再举一个例子，有一次出去野餐的时候，依然是那位女同事，她带了自己做的辣椒酱，分发给每一个人，唯独跳过了我。直到最后，她把罐子里剩下的辣椒酱全部倒在自己碗里，还颇为遗憾地对我说："没有咯，都分完了。"之后，女同事转头对男神说："好吃吗？"男神说："味道很好。"女同事乐开了花，其实我当时并不想吃，但是同学们，我咽不下这口气啊，我也是看了《甄嬛传》800遍的宫斗达人啊。于是，我故意大声说："真的那么好吃啊？好遗憾没吃到啊。"男神问我："你没吃到吗？"我甜甜地对着男神说："对呀，你分我一半吧。"男神愉快地把碗里的拨给了我。从女同事的表情来看，下一集应该要赐给我一丈红了！

这个例子要说的是，劣势是可以变成优势的，除了示弱以外，你可以适当地向男生求助。在气势上假装输给她们，心理上保持强大，就能扭转局势。我一贯觉得，女人这么高级的动物，不应该为难女人，去跟男人斗才是本事。所以，面对这些专给同性下绊子的低级女人，给她们一点儿教训也不是坏事。

不要怕陷入丢脸的境地

姑娘们，给你们出个题目。如果你听说前任说你是个蠢货，你会如何回应？“他才是个蠢货呢。他跟我好的时候就去劈腿，然后跟小三好了，又被骗钱，现在连工作都没有。”这样，别人听了是什么感觉呢？嗯，一对蠢货。毕竟，如果他是蠢货，你跟他恋爱过，你又能高级到哪里去？

反过来，如果你前任说你蠢，你摆出一副“对，我可能是真的蠢吧，那时候那么傻乎乎地爱他。后来，唉，他也是太年轻冲动，不是故意伤害我。算了，我已经释然了，祝他幸福”的态度。很高级有没有？欲言又止地表明“一片真心喂了狗”，不仅让新男人觉得你需要呵护，需要一个真正的男人好好爱你，旁听的人还觉得你大度。

所以今天，老师还要强调的就是不要怕陷入丢脸的情境。任何情况下，顺着这个丢脸说。不要着急显得你有多聪明、多能干、多不得了，尤其很多人喜欢挑拨离间，你被一激，说出让自己后悔的话，就会引来更大的麻烦。

就像我上面举的例子一样，你听说前任说你蠢，你就急着找出一堆例子力图证明前任本人也是蠢，不但让挑拨离间的人白白看了笑话，也有了更多谈资去议论你们。等你说完，她还会加上一句："呵呵，这么容易被套话。她前任说得对，怪不得劈腿呢，她确实是蠢呀。"

林志玲曾经在电影《决战刹马镇》（主演林志玲、孙红雷）的发布会上，被问了一个问题："孙红雷曾经说过绝对不会和你这样的花瓶合作，你怎么看呢？"林志玲笑着说："我不信这是孙红雷大哥说的话，我要亲口听到他说才信。而且，就算他说过这种话，他现在和我合作了呀，说明通过我的努力，我已经不再是一个花瓶了呢。"你们看，是不是很想给她鼓掌？

其实呢，承认让你丢脸的话，只会让你陷入弱势，而人类都有保护弱势的心，无论男女。所以，一旦遇见这种情况，不妨大方承认。

男朋友:你怎么这么笨,走路都走丢?

你:就是因为笨,才需要你拉着我的手,永远都不要放开哦。

妈:你都这么大了,怎么连饭都不会做?

你:笨女儿都是因为有个能干的老妈啊。

那该死的红颜知己

红颜知己比前女友还危险，前女友毕竟是过去式，红颜可是一般现在时，还可能是将来进行时。红颜二十四小时都可以随时给你男朋友发短信、打电话、谈人生、看星星、掏心挖肺。你不高兴吧，就是不成熟、不懂事、不给男人空间；你要忍气吞声吧，她可能就得寸进尺。要如何彻底屏蔽这种红颜呢？

有妹子会不解地问："为什么要找有红颜知己的男人呢？"没有金子不发光，金子发光人人抢。任何一个好男人身边一定都围着蠢蠢欲动的女人，这是像"天要下雨，娘要嫁人"一样没有办法的自然现象。更何况，你嫁了他以后，再出现红颜又怎么办呢？

设想以下情境:你看中一双鞋,但尺码比你的脚大半码,就把它放在购物车里。越看越喜欢,尤其是淘宝还提醒你,库存不多了。当你最终下决心说:“大半码我再买个鞋垫嘛。”终于决定拍的时候,它下架了！你什么心情？对,“我的东西被抢走了”。这就是红颜的心情。想想它是你的吗？你曾拥有过吗？红颜可不会这么理智,所以她对你有敌意是一定的。

红颜呢,和女朋友之间就差了一点儿,要么你男朋友没看上她,要么她没看上你男朋友。

如果是第一种,我觉得还可以挽救。方法很简单,第一步,不管任何时候,她找你男朋友的时候,你都阴魂不散地出现,并且一副“你们男人懂什么,她这种苦闷只有女人才懂。去去去,你们老爷们看球去,不要打扰我们‘好姐妹’聊知心话”的态度。第二步就是疯狂给她介绍男朋友咯,永远做出一副“好希望你能早点得到幸福,这样我们就能四人一起玩,打麻将也不会缺一个人”的态度。第三步则是拒绝几次男朋友的亲热,说都是因为陪你的红颜,累死人家了。相信我,多几次,他就会恨死这个女人。

如果是第二种,真的会非常麻烦,而且你无能为力。她招招手,你男人就会像中了大奖一样飞奔而去。如果有一天，她想通了，决定跟你男人好，你男人绝对二话不说就甩了你，就像布拉德·皮特被安吉丽娜·朱莉撬走一样，你除了在微博上骂人以外毫无办法。不过，这种可能性不是很大，这种女生一般眼高于顶，想通的概率比较小。你如果愿意生活在这种危卵之下，老师建议你搬得尽可能远，最好不在一个城市。就算在一个城市，也要隔着北六环和南三环的距离。异地恋都不会有好下场，何况异地的红颜知己！

如何气死前男友的现女友：把你当成假想敌的她

老实说，写这一篇前我是很挣扎的，毕竟你知道像杀伤力这么强的武功，也不好随便外传。万一被那种专门喜欢骚扰前男友的女人们看到了，我的罪过就大了。所以，老师决定写完这篇再写如何对付前任的。

Warning：以下内容仅限于前男友的现任疯狂骚扰你，你好好过日子，但他的现任女朋友把你当假想敌，没事就骚扰你和你朋友的情况下使用，谨慎！

有个网友私信给我，她就是这种情况。她有个前男友，分手了，大家各过各的。忽然有一天，有个莫名其妙的女的跑来加她微信、关注她微博，并且频频发评论引起她注意。然后，那个女的才说自己是她前男友的现任女友，想和她做好朋友。看到这里，大家心里都会是已经想骂人了吧：跟前男友的现女友做哪门子朋友哦，根本不想和他们有任何瓜葛才是正常人吧。但是对方说："呵呵，我们家××都已经放下了，希望你也放下。"

总之，大家心里都会有一种很恶心的感觉吧。这种情况怎么办？火气大的要跟她去吵架吗？完全不理她就能保证她不再从别的渠道找来？甚至她还可能跟认识你的人讲："她可能还喜欢我男朋友吧，不然怎么这么生气，直接把我拉黑了！"你保持了基本的礼貌，但是她却不断给你添堵。我们需要被这样对待吗？不！所以，可以适当地回应一下。

首先，千万不要试图打给你前男友，这样你就上当了。这件事上，前男友的责任不大，他毕竟忙着谈恋爱就不大可能会来骚扰你，多半是他现女友自己顺藤摸瓜找到你的。那么你呢，只要把这个疑心病赶出去就好了。你第一个可以利用的就是微信、微博、QQ空间这些公开的网络工具，发一些可以触到她痛点的言论，类似："缘分已尽，你身边也有了她，希望你好好珍惜，不要说她是我的替代品，真的对她很不公平，忘了我吧。”“我伤害了你，也不可能再回头。”之类的。你们看懂了吗？对，没错，你就是在暗示她，你的前男友其实还是爱着你的，并且在求你回头，并且还说她是替代品。想一想，哪个女人能接受这个？不要怕惹毛她，你并没有点名道姓，会顺藤摸瓜找到你微博的一定是个闲得发疯会多想的女人。你尤其在纪念日、周年日、生日这种时候，多发一些这样的东西，一定会挑起他们的战争。他们一吵架，她就没空骚扰你了。

之前，我遇见过一个前任男朋友的现任女友疯狂地觉得我和前男友还有瓜葛，不停地在开心网上发私信给我，说想跟我做好朋友。有一天，我趁她出差（当然，这也是我通过看她主页发现的），就发了一段话：“谢谢你的礼物，都忘了这是我们的纪念日。愿无岁月可回头。”然后P了一张图，一个带盒子的手链，P在了前男友家的桌上（他家的桌子非常有特色，很容易辨认）。底下配了一首许美静的歌——《寄托》，你们去看看歌词，就知道有多奇妙：“我太想把你占为己有，却不愿为你失去自由，有点爱你不允许我这么做，忘了我，让我走得洒脱。”活脱脱把自己搞成一个被前男友无限怀念，自己却决定要开展新生活的现代女性。你反过来想想，现任看了会有多生气？果然，就听说他们吵架了。前男友当然不承认我趁他现任女友出差去过他家，当然其实也没有，气得发疯的现女友怎么会相信他呢？

第二点，如果前任男朋友的现任女友很爱跟你聊天，不妨让她不痛快一下。比如“那条手织的围巾他还在戴吗？呵呵，扔了吧。”你可以信口胡说，把他常用的东西都说成你送给他的。我曾经骗得一个前任男朋友的女朋友丢了几万块的东西，反正也不是我的，一点儿都不心疼。

第三，好好利用你们的回忆。如果这个疯狂的现任女友骚扰你次数很多，我们可以化被动为主动。比方打个电话给前任男朋友："我想带我朋友去吃饭，你还记得我们上次去吃烤鸭那家在哪里吗？对，就是我们第一次约会去的那家，你还帮我一个一个包好，哈哈哈。那时候，你还挺温柔的。对，我现在找不到了，你方便把地址给我吗？"诸如此类，多来几次，保证可以把他的现任女友气疯。

好了，以上种种都建立在人不犯我、我不犯人的基础上，老师真的很不希望你们拿着这本书去作恶，这样就枉费老师一片苦心了。还有，这件事也同样警告正在做人家女朋友的你们，不要没事就去偷看前女友的微博，这只会气到你自己。

如何气死男朋友的前女友1：贼心不死的前女友

这篇是献给那些非常喜欢来捣乱的前任的。我要先跟广大女性说一声，你已经是正牌女友，相当于“正宫娘娘”，不要怕，你拥有最大的优势，你看宜修还不是把纯元干掉了。在拥有这种心态下，一切前任都会变得非常容易清理干净。

前女友比小三可怕的地方在于，她熟悉那个男人，她知己知彼，她像个叛变的卧底，男人就是分不清楚忠臣和奸臣的昏君。遇见这一类前女友跑来勾搭你男朋友的问题，第一件事：冷静。思考你要什么，你要分手，就可以直接跳过本条，继续看下文；你要男人，就必须知道和他吵绝对是个最糟糕的办法，因为她们联络你男朋友的目的就是在平静的生活中找点乐子，刷点存在感。

讨人嫌的前任分为两种，一种是想来复合的，我们称这种为破坏者。这一类呢，需要从心理上进行打击。比方说，她一定会很关心你，关注你的微博。你就需要经常秀一下恩爱，多利用各种机会，对其进行沉重打击。我之前曾经遇见过一个这种破坏者。有一次特别巧，她打给我男朋友，他在打球没接到这个电话。我就立刻发了一条微博："他看了看来电显示，放下了手机，说有些事情狠心比不忍心更加负责。突然觉得男朋友好帅哦。"没错，各位观众，根本没有这回事，但你们可以详细想象一下，这个前任看见这条微博后的内心活动，一定觉得他是故意不接，并且还能脑补出男人拿着手机决绝的画面。这一次心理打击之后，这个破坏者坚持了一个月没有来骚扰我们。

第二次交锋呢，是男朋友生病了。她不知道从哪里听说了，就跑到男朋友家来。如果你遇到这种情况，一定要冷静！冷静！然后摆出"正宫娘娘"的气势。她看见我还蛮吃惊的，我问她要不要喝茶，这位前任大概想给我一个下马威，说："我自己来。"于是，我立刻站起身，说："最近打扫房间，很多东西都换地方了，你估计找不着，还是我来吧。”没错，第二步就是让她知道你是女主人，你是女主人，你是女主人！（重要的事情说三遍。）

第三步呢，就是让男朋友亲自拒绝她。还是这个破坏者。有一天很晚，她打电话来，我男朋友问我可以接吗？我说可以，但是必须开扬声器，我保证不说话。男朋友同意了，于是接了她的电话，她说了很多怀念以前的话，还装成哽咽（别问我怎么听出来是装的，谁没装过啊），说一些“很羡慕你现在的女朋友可以拥有这么好的你”这样的话。你知道这种话，两个人在电话里说还挺浪漫的，放在免提里面听真的非常尴尬。而且，我男朋友本人号称自己已经断得很干净了，他也非常尴尬，只有毫不知情的她在电话那边一头热，感觉是那种台下观众都走光了的表演。我出于同情心，笑出了声。她立刻意识到，于是问了一声：“你开着免提吗？她是不是也在听？”男朋友说“对”。她立刻挂了电话，再也没有联系过我们。

基本上做到这三步呢，这种破坏者会知难而退，毕竟你男朋友也没有优秀到别人一定要死缠烂打嘛，而且女人大多数还是很要脸的，尤其在抢男人这方面。被打击了几次，她也就会放弃了。

如何气死男朋友的前女友2：来自前女友的挑衅

首先必须肯定世界上大部分前女友都是有节操、有底线的，这里讨论的是打入冷宫仍然妄图复辟，搞不清自己身份定位，有了新男友，或者对方有了新女友仍然纠缠不清，或变为“好妹妹”的这群贼心不死的。她们的本质和小三差不多。上一篇老师说了第一种破坏者，这一篇我们讲第二种，骚扰者。

作为一个曾经被当作掌心里的宝贝呵护过的前女友，她们的心理是：爱过我的男人怎么还可能爱别人？一个长期饭票被人领走了？我还空着，你怎么能先找别人？在这些念头的支配下，就算根本不爱前男友了，也根本不想复合，她们仍然要放低身段做出忆往昔、望未来、旧爱情未了的样子，过一过戏瘾。

偶遇前女友该如何表现？不要表现。把面子和难题同时留给男人。我曾遭遇过前女友主动挑衅的，她对我男友说，什么时候一起出去飙车啊？看到我后补了一句："是不是被女朋友管着不敢啊？"注意，男人最经不起激将法。我先发制人："我们家可是老爷做主。""老爷"乐呵呵地说："不去，和你们女人开车没劲。"这样做的目的是，绝对不要让男人陷入两难的境地，你要收拾他，大可以回家，在外面，在前女友这种"阶级敌人"面前，"人民内部矛盾"都是小问题。假设一下，如果你硬说不准去、不能去，男人这种爱面子的动物，搞不好就会一下子头脑发热硬要去。你怎么办？当场翻脸吗？不是给别人捡便宜吗？退一万步说，如果当时男朋友没有拒绝，而是同意去飙车，也不要怕，你可以立刻跟一句："好棒！你飙车的时候，我会牢牢抓紧你，争取不从后面飞出去。"这样，他就会带你一起去啦。在飙车时，前女友看见你们秀恩爱很容易气炸的。

所以呢，尽量不要给男友和前女友单独相处的机会。任何半夜打来电话，说她生病要去医院啦；突然打电话流泪，遇见情感问题啦，你都要摆出一副"我是女人，我懂她，你们男人不细心。让我去照顾她。我愿意和她成为好闺密”的态度。(当然,你可以把狂骂她的话在内心骂五遍。)男人看见这样也不好把你挤开。相信我,她看见你和男朋友一起出现的时候,她心里骂你的话绝对比你骂她的狠多了。

还有一点要提醒大家,就是不要去关注前女友。就算她秀恩爱,对你男人深情款款,她的目的只有一个,就是离间你们、激怒你。你一冲动就会和男人发火,发火就吵架,吵架她就伺机体贴,男人势必倒向她一方。相反,你没动静,甚至都不知道她,她就着急。常看犯罪心理类美剧的人都知道着急就容易犯错。

再次重申一下为什么在讨论小三和前女友时,我都没有强调男人有问题这个部分。第一,大部分男人进化得比较差,和他们讲道理是没有用的,他们知道不应该劈腿,但根本忍不住。身为更高级的人类,发生这些事情的时候,女人应该更好地控制局面。第二,骂男人渣,不能解决问题。

坏闺密1

好闺密送你上天堂，坏闺密让你防不胜防。坏闺密就是渣密。

好了，今天详细说说什么样的闺密不能要。先说心怀恶意的渣密。第一种就是爱传话的，尤其摆出一副“我和你掏心掏肺”的样子。爱说的是：“你知道那个×××特别讨厌你、针对你吗？我都替你不平，你说你这么好的一个人，她还说你勾引老板。”挑拨离间最可怕，遇见这种情况，你就应该直接阻止她：“我不想知道，你不要告诉我。”或者当着她的面拨打那个人的电话，当场对质。在工作中，这种人会故意传播这种话，如果你的反应是：“是吗？我都没得罪过她，为什么这样说我？”话被她传过去，就可能变成：“她说根本没得罪过你,你就是嫉妒她被领导欣赏。”本来你不熟的人,莫名其妙和你变成敌对关系。

第二种就是对你男朋友或者老公有种异样热情的。主动加他微信,频频在朋友圈留言,或者在微信评论里热烈聊天的。你如果问她,她就会很无辜地说:“我是因为他是你的男朋友才会对他友好啊。”我大学有个同学,长发白皮肤,成绩很好。她主动勾引闺密的男朋友,还以“我替你试探”为借口。她闺密竟然同意了。结果,她就和闺密的男朋友正式在一起了。她和她闺密因为此事彻底闹翻了。

对于这种闺密,我们的方法是立即用自己男人的账号拉黑她,一枪爆头,果断断绝来往。不管你们之前有多好,这种人放在身边就是埋了地雷,就是隐患,总有一天会炸死你。

还有一种闺密,我们称之为蠢闺密。她们的最大特征是心地不坏,但坏事。我有一个闺密就是这样,人非常热情,对朋友都很好,但就是非常白目,不会看眼色。有一次,我和客户约了吃饭,吃完饭和闺密去看电影。结果她说她来早了,在外面瞎逛,外面又很冷,能不能进来一起吃饭,反正等下要一起看电影。我想多一个人也不要紧,就同意了。结果,她带了四个女的来,我还不认识,场面非常尴尬,我也不好当着客户的面吼她。结果,我和客户也没有能聊成事。她还有一个爱好,就是给别人出主意。有一次,我们一个女性朋友被男朋友甩了,和我们哭诉。她听完以后,说:“我有个办法,你今晚约他出来聊聊,趁机和他亲热,然后就说自己怀孕了。”真是听得我心惊肉跳。

我还有一个朋友最近怀孕了,她也去给人家提建议。我们都快听哭了。她连婚都没结,就算结了,每个人养孩子的观念也不一样,不要去给意见了。她可能出发点真的是为你好,但真的好多次被她蠢哭。

这类闺密,存在量非常大,不犯蠢的时候,也是非常可爱的女孩子。我们基本上没办法像对待第一种那样把她们扫除出我们的生活,就像雾霾一样,你只能任由她存在。但是雾霾吸久了,就会对你的健康造成不良影响,就像这种闺密长期在你耳边唠叨:男人就该无条件宠你、爱你,忘记你的生日、纪念日就是不爱你,这都会忘记,以后会连家都忘记回。说多了不但是负能量,而且单纯的女孩万一被洗脑,你的幸福之路就会充满障碍。

生活中有这样的闺密,我们要怎么办呢?第一,有自己的判断力,并且坚定自己的想法;第二,绝对不要让她参与到你的工作中;

第三，接受她的不完美，少和她谈论关于爱情、养小孩这种事情，多和她逛街、聊化妆品。每一个闺密都有自己擅长的地方，多看她好的地方，友谊方能长久。

坏闺密2

在上一篇的文章里面，我们大概介绍了爱挑拨离间和对你男朋友有着过度好感的渣密。今天，我们要讲另外两种——自私鬼和寄生虫。这两种隐藏得更深，很多时候，你想远离她们，可又会怀疑自己是不是太自私了。

我们先来讲自私鬼，这类闺密就是我们常说的自恋狂。如何判断，你照着以下看看她有没有这类特征：

很喜欢证明自己总是对的。例如，她觉得这条路到这里应该往左拐。可能拐了后发现走错了，她会认为是导航出了错。

说话的时候很喜欢打断你。“你这算什么，我跟你说，我上星期看见的那才叫牛呢……"

对你的问题很不耐烦。"我说×××啊，你连这点事都搞不好啊，还哭啊，你有没有出息？搁我这儿就不叫事儿。你真没用。"

你希望她安慰你的时候，她说："我还在忙啊。失恋有什么大不了，我这个月业绩完成不了才是大问题。"

你希望她帮忙的时候，她说："我有更要紧的事情要做，你要不就等等，等不了就自己弄好了。"

她希望你帮忙的时候，她说："我这个事儿特别重要，你把手头的事放一下，帮我先搞完，很快的。"

如果六条里面，她符合四条以上，我想，你就可以远离这个人了。如果你不愿意，因为这种人通常很强势，很有激情，甚至很有冲劲儿，你喜欢待在她身边，那就试着和她讨价还价，比方说她让你帮忙，你可以同时希望她帮你一个忙。

第二种我们叫作寄生虫，她们的隐蔽性更高，她们非常无害，对你非常依赖，希望时时刻刻都跟你在一起，上厕所最好也手牵着手。嘴巴呢，也非常甜："你是我最好的朋友，我希望我们一辈子都是知己。"一开始你很高兴，慢慢地，你逐渐发现她每天都处在"心情不好”的模式里，任何问题都需要你解决。如果你不帮她，就会变成“连朋友的忙也不帮”“我陷入这个境地都是因为你没有伸出手”。她对你的占有欲非常强，如果你和别的朋友在一起，没有带她，她就会生气。这一种女孩呢，其实需要的是一个男朋友（不过讲真的，男朋友和她们在一起也会非常辛苦），她们把自己的人生完全寄托在别人身上。这种女孩，我的建议是，抓住她的领子，对她狂吼。如果她还有的救，就会振作起来；如果她已经没救了，就会因为你的态度不好，说话伤害了她而远离你，这也是一件好事啊。

和准婆婆的相处

都说全世界最难搞的关系就是婆媳关系。今天，老师本着不是很专业的经验，来和大家分享一下。和如何让爹娘喜欢自己的男朋友一样，对于未来的婆婆——男朋友的妈妈，最重要的一点就是花钱。怎么花钱呢？怎么送礼送到老人家心坎里去呢？

第一，随意送礼。这个意思就是不要等到过年、过节才送礼，要没事就送礼，不需要每次都特别贵、特别有心意、特别有内涵。相反，要非常随意，比如："阿姨，我今天去逛街，看到这个牌子的衣服，觉得特别合适您就买了。""阿姨，这个沐浴露味道很好闻，我买了一瓶，顺便给您也买了一瓶。"送礼的重点不在于贵，而在于让她觉得

“你时刻想着她”，要把准婆婆当成自己的闺密相处。当然，你可能会听到她的唠叨说：“怎么那么爱乱花钱，买贵了。”没关系的。就跟我娘收我的礼物一样，虽然念叨，但是！女人没有不喜欢收礼物的！这个重点在于，你要暗示她，这是花你自己的钱，不是花她儿子的钱。（其实是花她儿子的钱。）

第二，讨教。每一个准婆婆总是有点优点的。比如做饭非常好吃，你就可以说：“阿姨，××老说他妈妈烧饭超越外面大酒店的。我在这方面特别差，您跟我说说，那个红烧狮子头是怎么烧的呀？”比如年逾五十仍然保持着好身材，比如买东西还价非常厉害。总之，跟她儿子请教出一个她的特大优点，往死里夸，并且说是自己的短板，诚心和她讨论。

第三，收！什么是收呢？就是不需要和老太太抖机灵，不需要向她表示出你多么聪明、眼界开阔，能接受新事物。如果你和她逛街，看见一男一女当街亲热，你觉得没什么，她觉得很恶心，你就配合她一下好了，完全不需要跟她讲：这是人家两个人的事，在外国很普遍，只是表达对对方的爱意。她已经五十多岁了，人生观早就成熟得不行了，不要试图改变她的观念。（当然，前提是建立在绝对不要和公婆同住的情况下啊，否则迟早会露馅儿。）

第四，告状。这里不是叫你真的告状哦。找一些无关痛痒（请把这四个字画重点）的男朋友的小毛病，比方爱熬夜啦，吃饭没有点儿啦，不爱给家里打电话啦。拿这种毛病和你准婆婆告状，她会立刻觉得你是站在她这边的，把儿子交给一个如此重视他健康的女人，她能放心。

第五，训斥。一定要和男朋友商量好。分享一个我自己的经验。有一次，我和男朋友去他家玩儿。他在打游戏，他妈叫他吃饭，他就很不耐烦地说："烦死了，我这儿都快死了。"这时候，我就一脸正义地冲出来说："你怎么和妈妈说话的呀？阿姨辛辛苦苦做好饭，还要求你吃？你还不赶紧过来吃，把游戏给我放下。等下打会怎样？"这种话婆婆不好自己说，你帮她把内心的话说出来，她会爱你爱得不行。

最后，老师回答一下很多女同学喜欢问的问题，去准婆婆家到底要不要主动帮助做家务啊？要！但是，做的一定是摆筷子这种，轻到可以忽略的家务。绝对不要主动做，也不要显得自己很能干。你是去做客的，不是做主的，也不是做钟点工的，做好自己的本分！当个活泼可爱、让人喜欢的客人就可以了。

Chapter 6

恋爱雷区：
那些棘手的难题

男人有种奇怪的被害妄想症，就是无论多穷或者多富的男人都很害怕女人爱的是他的钱而不是他的人。这种被害妄想症的心理我们暂时不去探究，总之你们一定要记住，男人非常爱用“爱不爱钱”这种事情来试探女生是不是真心。

不要在意动机是什么

我觉得下面这个问题大概是中国女人的通病吧。以我妈为代表，包括她广场舞的小伙伴们在内的大批中年妇女都有这个毛病。每次她生气，我爸哄完她，她都不会开心，而是觉得：既然你知道这样我会生气，你为什么还这样做呢？我真的觉得我爸爸好冤。你能指望一个直男有多么细腻的心思吗？你真的以为他知道这样做会惹毛你吗？他们可是连你今天从齐腰长发剪成波波头都发现不了的直男啊。错了改正就好了嘛。不要诛心，不要看多了《甄嬛传》，就觉得周围的人都在害你！

我老接到私信说："他跟我在一起只是想发生关系吗？我怎么

分辨他是不是想认真开始一段感情呢？”遇到这种问题，我劝大家先不要管对方的动机或者潜在的因素是什么，先问问自己，和他在一起开心吗？如果答案是肯定的，那你管他想什么呢。先开心享受这一切好不好。你知道墨菲定律为什么总是成立吗？打个比方，你觉得这个人就是不诚心跟你在一起，你就会变得敏感多疑，看什么都觉得他有别的心思，就作、闹、查岗、偷看手机、逼问他，最后分手。你就会觉得：你看吧，他果然没有诚心跟我在一起，墨菲定律又灵了。灵什么哦，对于这种自己作死的爱情，我除了鼓掌欢呼这个男人逃出你的魔掌外，还想把你的头像做成小广告贴在每个电线杆上，让好男人远离你。

小时候，我因为舅妈跟我外婆关系不好，每次我外婆和我妈都给我灌输“你舅妈是个坏人”这种信息。但是每次去舅舅家玩，舅妈总给我做好吃的。小时候的我很困惑，舅妈到底是不是好人呢？我应该用对好人的态度对她，还是用对坏人的态度对她呢？我跟我妈说了，我妈回答：“她想拉拢你。”我也跟我姐姐说了，我姐姐的话让我很有启发，她说：“你管她是好人还是坏人，别人对你好，你就应该对她好。”我恍然大悟。

其实很多时候，这个男人对你的态度，他自己也不明确。男人跟我们女人不一样，我们看一个帅哥一眼，脑洞已经开到：天哪，跟他生一男一女，到底要上哪个小学？男人看见美女只有一个想法：身材好！90%以上的男人从不以结婚为交往的目的，他们真的想不了那么远。所以，你们的问题——他是不是在玩弄你之类的，主观上，他自己也不清楚。所以呢，不要在这种疑虑下，让恋爱的甜美也失去了。在一起的时候就好好享受，总好过在一起的时候整天提心吊胆，分开了还要不停咒骂。

如果你不是帕里斯·希尔顿，就不需要很担心人家接近你是为了你的钱；如果你不是安吉丽娜·朱莉，也不用很担心人家接近你是为了你的美色……所以真的，就算他接近你有某种不可告人的目的，管他呢，先试试两个人在一起是不是开心后再说，好吗？

被直男问“有过几个男朋友”的标准答案

世界上每一件事都要说实话吗？我觉得不一定。如果你问你男朋友说：“我最近胖了吗？”实话可能是：“嗯，起码五斤。”如果你问你男朋友：“我和林志玲谁比较漂亮？”实话可能是：“废话！林志玲被打肿了也比你美。”如果你问你女朋友：“那个×××为什么不喜欢我啊？”说实话可能是：“他觉得你太难看了。”显然，大家一定都不愿听这样的实话，所以，这个世界需要一些谎言，尤其是为了世界和平而说出口的谎言。

情史这件事，是所有谎言里面最值得撒谎的。你完全没有必要事无巨细地把你过去的事情都告诉他，因为这充满着隐患。一旦你开始回忆的时候，说的都是真话吧，你前男友可能比他英俊、有钱、更体贴，这会让现任不服：“那你回去找他啊，他什么都好。”如果你前男友不如他，这会让你现任自大：“呵呵，你看看你以前什么眼光，幸亏跟了我才逃离火坑吧？”尤其是他还会一语双关地问你：“怎么样，我比较厉害，还是你前男友厉害？”

对于这些可能出现的麻烦，老师只想说，尽量不要说关于前男友的任何问题。如果他不是很认真地问，就随便搪塞过去。

比如他说：“你之前交过几个男朋友啊？”

最好的回答是：“和你相比，我之前就像没交过男朋友一样。跟你在一起，才感觉到恋爱的意义。”（这句话不要嫌恶心，熟读熟背。）

如果男人成熟稳重，就不会继续追究。如果碰见不依不饶、硬要和你分享人生经历的，老师给你们想了一个标准答案。

“单纯追求我的不算，认真的感情只有两段，一段一年半，一段两年。初恋是大学同学，毕业后他就出国了。第二个男人是之前公司的同事，他劈腿了。我很伤心，空窗两年了。我想那是老天在让我遇见你之前给我的爱情排练吧。”（不要逐字逐句背答案，要根据对象的不同，自己组织语言。）

这段话的玄机你看懂了吗？老师解释一下。第一句表示人家是很有市场的哦，追我的人很多，但因为我是一个认真的人，所以有了第二句——“认真的感情只有两段”。第一段在大学，大学的爱情纯洁、无功利。“毕业后他就出国了”，说明初恋男友已经完全没有威胁性，现在都不联络了。“第二个男人是之前公司的同事”，现在已经不在一起工作了，而且我是受害者，被伤害的，多么惹人怜惜，多么小白兔。“我很伤心，空窗两年了”，说明我已经淡忘渣男，而且疗伤的过程中也没有胡乱找人填补心中空白，说明我对感情很成熟，不会脑子发热。最后一句，这段话的落点还是在现任的身上——“我所受的一切苦，都是为了遇见你”。不要以为男人不吃这套哦，听了甜言蜜语照样感动呢。

这本书也有可能被男人看见，所以大家一定要灵活运用，不要生搬硬套。好了，老师再教一招，如果男人意味深长地问“我和你前男友谁比较厉害”这种话呢，你可以回答：“我不记得了，要不然我打电话问问他。”这样他就不会再问啦！

#如何让直男选中你喜欢的礼物#

每次逢年过节，就到了私信“谁收的礼物比我糟糕”吐槽大会。说真的，老师也有过惨痛的经历。之前跟一个香港男生恋爱时，曾收到过一个晾衣服的衣架，对，就是三角形的。我以为送的是条裙子，他要亲手展示，让我先拿着衣架，结果等半天就只有一个光秃秃的铁丝衣架啊！我实在忍不住问他，才知道是广东话——挂住你。好像很有创意、很浪漫的样子，其实是太取巧了好吗？完全感觉不到心意。没钱的男生要送你贵的礼物，有钱的男生要送你花时间的礼物，这才是心意。

这次事件之后，我就一直总结，怎么样不让男人送你这些奇葩的东西呢？那就是：你自己的气质。这句话是什么意思呢？就是你要先对自己投资，无论你是日式小清新森女，还是欧美大牌控，只要你自己的形象定位非常清晰，喜欢的风格渗透你的全身，直男挑礼物的时候，自然就有参考的了，至少大方向不会错。你平常的衣着品味不差，审美标准较高，直男再神经大条，也能感觉到自己买的礼物衬不衬你。

曾有一个前男友问我生日要什么礼物，我年少无知地说："送你最喜欢的东西给我。"后来，我就得到了这个礼物：双节棍。他还要求我每天随身携带，和朋友吃饭就拿出来耍一番，在饭店差点儿被服务员赶出去。这件事情让我得到的教训就是：不要随便开口。这时候，最好使用老师在上一篇中提到的方法。

这一篇重点要跟大家说的是，收到礼物后的反应。首先收到礼物，明明知道他会送，也要装出中了大奖的惊喜神情："送我的吗？真的吗？我好开心！"然后摆出吴彦祖跟你表白，幸福要溢出来的表情，当着他的面打开礼物。如果就是你心心念念的那个礼物，要立刻抬起眼睛，给他一个大大的吻（无论在不在公众场合，如果在公众场合，动作幅度适当放小）。台词为："你怎么会这么懂我！你怎么知道我喜欢这个，天哪！你是全世界最懂我的人（废话，你自己在QQ签名上都挂了两个月了)！”这时候，被幸福和满足感冲昏头脑的男朋友也不会吐槽你。然后，你就要立刻自拍，发到所有的社交网站——微博、微信、INS等等。配图配文，为了文字不雷同，老师就不具体说了，大意就是：感谢上天赐给我最好的人，最懂我的人，我多么幸福拥有他之类的。这时候，男人会觉得很有成就感！因为其实男人送你礼物不是义务，他对你好，你发自真心也好，浮夸表演也好，对他表示真诚地感谢，表现出自己的开心，无论多肉麻的话都不为过。千万不要装高冷，也不要担心表扬他，他就会尾巴翘起来。不要！没人喜欢热脸贴冷屁股！

还没完哦，接下来，你第二天就要马上使用这个礼物。尤其是约会时，要让他看到你多么喜欢他送的东西，他多么聪明能够猜到你的心思，他多么有品位能买到这么赞的礼物，格调简直和一般直男不在一个水平线上，等等。总之，在收到礼物一周内，他都应该受到表扬，反复强调这个行为的正确性，并作为标杆，希望他以后再接再厉，勇闯高峰，再添佳绩。这样，渐渐地，你就不会因为男朋友送了你一个又贵又丑的东西而生气，也不用再纠结“难道我要为这样一个丑东西而回他同样贵的礼物吗”！

直男的体贴是调教出来的，如何向他提要求

很多女孩子跟男朋友提出请求时总是不好意思，会加上后缀："来机场接我吧，不方便的话就算了。""帮我带个蛋糕回来，顺路的话。"

大家一定要注意，直男有以下两个特点。第一是一根筋，思路一根筋，做事一根筋，就像Siri一样，你输入什么指令，它就干什么，有时候还会搞错。第二呢，就是怕麻烦。直男的思考路径如下："你自己从机场回来又不是生死攸关的大事""你今天不吃蛋糕，也不会死啊"。好的，那么我就正好不去，而且就是用你给我的借口啊：不方便，不顺路。他完全不会思考说，你只是在客气，潜台词其实是：不来接人家，你就死定了。对此，他真的不知道！他还在欢快地打游戏，并不知道自己又处在被甩的边缘。

所以，我们对直男提要求呢，一定要明确：“来机场接我。”“带蛋糕回家。”这样他们接到指令就会出门。但是！老师一定要提醒大家的就是，直男的脑子一般只有4M，所以指令要一条一条下，例如：“来机场接我。”等他回复“好的”以后，再说：“下午三点，T3航站楼。”“带蛋糕回家。”等他回复“好的”以后，再说：“南京西路××饼屋cheese cake。”

第二点，对直男提要求，要撒娇，不要生硬。毕竟直男是我们女人的好朋友，对待他们还是要友好客气。其实是真的啦，没有人对你好是理所当然的，所以还是要抱着感恩之心对着直男提要求。“到机场来接我”这句话，最完美的提出方法是：“宝贝记得来机场接我，好想你，想第一时间看到你。”“亲爱的，带蛋糕回家哦，你买回来的特别香。”

好了，又有姑娘提出来了：“他有心就会接啊。他爱我就应该主动来啊。”我说都2015年了，不要再用姜太公钓鱼那一套了，好吗！他主动是很好，但人家不欠你的！本来去机场接你就不是天经地义的，如果他去了，你表示感谢，你对他说说好听的话，有什么不对！老师又要生气了，谈恋爱是互相爱，不要老觉得是找了个爹妈之外的人无条件对你好，凭什么！那么多的女人还单着，自己能够得到别人的爱这件事，是不是应该去雍和宫还愿！如果还跷着脚：男朋友就应该给我蹲下系鞋带，男朋友就应该又赚钱又做家务。世界上没有“应该”，所有事情都是情愿，他为什么情愿？因为他爱你。为什么爱你？不是因为你爱看韩剧，而是你们会互相体谅、互相扶持、互相爱护。不用心经营爱情的人，就是在给小三机会！

好了，言归正传，老师再总结一下提要求的公式：要求本身+一句情话或一句表扬对方的话。今天的课后作业就是反复练习这个，举例：“亲爱的，帮我把系统重装一下好吗？每次看到你认真对着电脑都觉得好性感哦。”把句式记住，任何情况都不怕啦。

感谢的魅力

我们在前面说过如何跟男朋友提要求、要礼物，所有这一切，都需要一件事来收尾，那就是“感谢”。

老师说过什么？对啦，任何事情都不是天经地义的。我们应该好好地感谢，因为只有好好地感谢才有下一次。

感谢分两大类。第一种是因为得到而感谢。比如收到礼物、得到帮助、得到机会。这一类呢，就必须表现夸张，把你心里的高兴放大了很多倍表现出来。我们从小受的教育一直是感情内敛啊，收到礼物就大呼小叫显得很肤浅啊。但其实你反过来想一想，如果是你送出去一个礼物，你希望别人很开心，还是非常内敛地放在一边呢？

我们这一篇重点要讲第二种感谢，因为抱歉而感谢。比方说，因为男朋友帮你完成作业啊，因为你要去参加姐妹聚会而忘记和老公的约会啊之类的。这一类感谢，我们通常要把愧疚的感情放大五倍，把感激放大十倍，把表扬放大一百倍。

所以，这一种感谢也是有公式的：表扬这件事+感谢对方+愧疚+表扬这个人+爱的表白。

具体例子，我们假设情境是因为你出去参加姐妹们的聚会，老公替你完成PPT。对话应该是这样：

你：宝贝，这个PPT做得好棒啊。无论是客户需求还是产品展示，都简洁大方。老公你真是天才。（首先把这件事往死里夸，就算他做得真的不怎么样，你也要特别真诚地夸。）

他：还好啦，我随便做做。

你：才不是呢，老公你做得好用心的。谢谢你。我怎么命这么好，能够跟你在一起的。（真诚地感谢对方。）

他：你知道就好。

你：老公，我以后一定会把时间安排好，绝不会再麻烦你啦。我知道你今天本来有球赛要看的。你对我真的很好，我比球赛重要，我快哭了。(这里随机发挥,这里的重点不是愧疚,而是通过愧疚把老公为你牺牲了时间或者精力这一面用你的嘴巴讲出来。让老公知道,你懂他,你知道他的辛苦。)

他:球赛可以改天再看嘛,老婆比较重要。(你给个台阶,男人很喜欢做好人,就会顺着台阶下。哪怕他根本没有球赛看,他也会模模糊糊承认。重点是,男人呢会觉得今天帮你很值得。)

你:老公,我真的好爱你。没有你,我都不知道要怎么办呢。(爱的表白,公式的最后一项。千言万语化成一句话,无论感谢、愧疚、体谅,都是因为爱!)

老师要提醒的就是,感谢这件事,值得反复提,尤其是在外人面前。在大家面前,可以反复拿出来表扬。没人不喜欢表扬,给了表扬就会在思维里定义为:这件事可以继续做。长此以往,给男人造成一种思维反射:做对了,有奖励,继续做。

理所当然的事情也不要说出来

老师在前面的篇章里说过，男人自尊过强，但又幼稚如小孩。很多事情可以这么做，但是不能理所当然地讲出来，讲出来就会让人讨厌。比方说，在公交车上，给老弱病残让座是合理的，是理所当然的，但是一个老太太对着你说："你怎么不让座啊？"听到这话，那些让座的人心里也是不开心的吧。同样的，我们今天要说的事情也是一样。

第一件事情，就是享受有男朋友的便利。比方说，有人接送你上下班，有人帮你修电脑，有人给你买礼物，等等。这些都是没错的，也是男朋友应该做的，但绝对不表示，你就可以跷着腿心安理得地享受。你需要表示感恩:“我怎么这么好命遇见了你呢?”“啊,有你真是太好了!”说这些话既不费力,又能让男朋友乐颠颠的,为什么不说呢?不要摆出“你是男朋友,你应该的啊,这些都是你分内的事”的态度。请记住:没有任何一个人有义务为你做这些,做这些都是因为他爱你。

第二件事情,就是花男人钱这件事也不要拿出来讲。如果硬要讲道理,我也真的不知道为什么花男人钱是理所应当的,好像AA制也没什么不对。既然你男朋友不在意为你花钱,你只需要管好嘴,这你还做不到吗?“宝贝,我喜欢你送的礼物。”“亲爱的,我好感谢你为我做的一切。”

第三件事情,就是不讲道理。女人当然不讲道理。一件事情的对错,完全掌握在我们手中。论起吵架,十个男人也不是我们的对手,我们只要祭出大招:“你这是什么态度?我出发点不是为你好吗?你居然凶我!你肯定不爱我了!”讲这些话,你必然会赢。不讲道理这件事如果你放在明面儿上来讲,以后就算你有道理了,男人也不会和你正常地讨论了。他们只会觉得:她自己都说她不讲道理了,我为什么要和她讲?随便她吧。时间长了,非常影响两人的交流和沟通，而众所周知，失去交流和沟通的关系，很容易走到尽头。

男人就是小朋友，小朋友需要哄，男人更需要，所以以上这些我们大人知道的道理，不需要说出来。一样的，对于这些理所当然的事情，我们女人知道就可以了，只要甜言蜜语，男人就会鬼使神差般为你卖力花钱，你干吗还去较那个劲啊？

互相信任的养成1

钱，在恋爱关系里，某些情形下，它会是一个很敏感的话题。但通常情况下，在爱情里面，钱能解决80%的问题，所以能花钱解决的问题，就绝不要去省，而且大多时候花小钱能办大事。在婚姻关系里，或者两个人长久的亲密关系里，钱也时常会影响到两个人的感情。女人是很敏感的，时常会想“你到底还爱不爱我”这个话题。在柴米油盐的漫长岁月里，因为钱而产生矛盾的夫妻数不胜数。遇到类似的情况，我们要如何守住感情呢？

今天，跟大家分享两个故事：

婷婷嫁给了一个富豪。富豪曾有过一次婚姻，有一个儿子。离婚的时候，富豪还是普通人，没想到离婚之后他生意越做越大。前妻看得很眼红，于是除了赡养费之外，她天天怂恿儿子（已成人）去问富豪要钱。富豪和婷婷非常相爱，他很不好意思跟婷婷开口说，便偷偷拿自己的钱给儿子。有一次，就被婷婷发现了。故事到这里，我想各位观众，如果是你，你一定会生气吧。第一，我们又没有少付赡养费，为什么又来要钱；第二，你儿子已经成人了，有手有脚，不自己好好找份工作养活自己，开口闭口问爸爸要钱，要不要脸；第三，作为老公你倒好，不告诉我还偷偷给，你胳膊肘往外拐，是不是跟我一边儿的？有第一次就有第二次，这个钱跟勒索一样，给下去就没完没了。没错，这都是正常人的思维。但是，我要说的是，生气能不能解决问题？那可是亲儿子，血浓于水，你以为你闹几次，他就不给了吗？给儿子钱也天经地义，这件事无论说到哪里去，也没人支持你。我们的婷婷做了一件非常聪明的事情，她背着老公，给前妻的儿子打了钱。富豪知道以后非常感动。

你们看，这件事情办得有多精彩。首先，我们一定要搞清楚哪个是主要矛盾。其次，我们也一定要搞清楚什么叫团结一切可以团结的力量。老公是自己的，所以在这件事情上，一定要和老公站在同一条战线上。所以，钱一定要给。你想想，如果你老是因为这个事情跟老公闹，这样的话：第一，老公在中间很为难，自己的亲儿子，置之不理怎么也说不过去；第二，钱是老公赚的，真的撕破脸，他就是给，你有什么办法，而且吵得多了，别的女人有机可乘。婷婷不但主动给了，还非常温柔地对老公说："我们赚这么多钱，能多给他们一点儿，就多给一点儿吧，毕竟是你的亲儿子。我不想你为难，我希望你赚这么多钱能够开开心心的。钱我们少用一点儿就是了。"可以想象富豪听到这种话有多么开心、多么感动、多么觉得和婷婷在一起才是正确选择。然后，婷婷说："老公，我很难过的是，为什么这件事你要瞒着我呢？以为我会生气呀？我希望以后家里的钱我管，我不是要乱花，也不是要限制你花，而是希望你以后做事情都要和我商量，我不是不讲道理的。"听到这里，你是不是想站起来为婷婷鼓掌？

大家要知道，直男非常怕麻烦。他潜意识里觉得给儿子钱这件事情要是给婷婷知道了一定很麻烦，要费很多口舌，不如偷偷给钱来得省事。发现了再说呗！直男就是容易有这种侥幸心理。但对于女人来讲，欺骗和隐瞒是最无法容忍的，彼此在意的不同，吵架是不会有好结果的。因此事发之后，婷婷不但没有大闹，反而非常善解人意。富豪就知道自己错看了婷婷，并开始更加信任她。这件事情之后呢，富豪不但对婷婷更加死心塌地，还把房产、车全部放到了她的名下。

互相信任的养成2

再说另外一个女孩子叫小惠，她跟一个高富帅谈恋爱。因为高富帅条件太好，对她也是不冷不热，不是很上心。小惠条件很普通，上班才刚两年，没钱没房没车，是个“三无”女青年。有一天约会，高富帅还放了她鸽子。虽然她一开始也很生气，但还是从体谅的心意出发，她忍着怒气，第二天中午特意跑到他公司和高富帅吃饭，完全不提放鸽子的事情，只是问他怎么了，看样子最近心情很不好，是不是遇见了什么事情。如果有事，她是不是可以帮忙分担。高富帅觉得挺不好意思的，这才说，他公司最近发生了一些资金周转不灵的状况，他确实很忙，找银行、找朋友在处理这些事情，所以可能没什么心思在谈恋爱这一块。听到高富帅解释，小惠心情也好了很多，于是小惠安慰了他一下就走了。晚上，小惠直接去了高富帅家，给了他一张银行卡，说这里是她自己的全部财产，虽然肯定解决不了资金链这种事，但是希望能解决他的燃眉之急。高富帅都快哭了，这辈子泡妞，都是给妞钱，第一次有妞给他钱。

你们知道，男人有种奇怪的被害妄想症，就是无论多穷或者多富的男人都很害怕女人爱的是他的钱而不是他的人。就连王石这种大富豪跟田朴珺约会的时候都要假装忘记带钱包，让女生埋单。（这个料完全出自田朴珺的自述啊，我也不知道是不是真的。但我也确实认识一个马来西亚人，自己是有私人飞机的富豪，跟女生约会装穷鬼，坐公交车赴约的。）这种被害妄想症的心理我们暂时不去探究，总之你们一定要记住，男人非常爱用“爱不爱钱”这种事情来试探女生是不是真心。

上面那个故事的结局当然是十分圆满。后来，小惠顺利和高富帅结了婚，这张卡也作为他们的定情信物永久保存。高富帅自然没动里面一个子儿。当然啦，这种事情是有风险的，我们也可能会遇见骗子。但是！你遇见任何一个男人都有各种风险，不是吗？

好了，这两个故事属于高阶课程，大家不要生搬硬套，也不一定非要学以致用。只是提醒大家：第一，面对男人爱钱还是爱我的考验（也可能不是考验是真的遇到了坎儿），大家一定要坚持住；第二，有钱的好处在于花钱确实可以解决很多问题，大家不要小气。

NOTE

Chapter 7

不吵架！
呵护一份难得的感情

我在私信里，常常收到的问题是：“怎么我们感情就淡了呢？”“为什么感觉他不再爱我了呢？”除了热恋后，脑子里多巴胺不再分泌，你常常有口无心的一些话也在伤害着你们的感情哦。

用“我”代替“你”

我收到很多私信，发现好多吵架都是可以避免的。大家都知道，在两个人相处了一段时间以后，会进入懈怠期。在这个时候，你也不会每次见面都化妆，起床不刷牙就可以对着对方打哈欠，剔牙再不会躲着对方，换衣服也不想去洗手间，甚至蹲马桶都可以开着门喊：“哎，给我递纸！”这时候，更多人不会注意到的就是，你对对方说话的语气也会变得过于随便，很多不必要的争吵，便从此开始。

我之前在美剧里看过一个律师说过一个很有趣的观点。他本来说话很冲，又碰到死了老公哭哭啼啼、神志不清的客户，每次沟通都

很困难，害得他每次都要大吼："你听懂了吗？如果你要我帮你打赢官司，你必须……"然后，客户天天和他吵架。他上司是个非常有经验的老头，他只是把人称稍微换了一下，就变得非常棒。比如他把"你听懂了吗？"换成"我有没有表达清楚？"，把"如果你要我帮你打赢官司，你必须……"换成"我们很想打赢这个官司，但是首先我需要你帮我回忆起……"就是尽量把话里的"你"字换成"我"字。我就试着跟我男朋友用了一下，效果非常好。

到了爱情懈怠期，最好的方法，就是倒带一下，把你们的关系退一退。如果回到刚认识不久或者刚交往不久的时候，你不会拿起电话就说："×××，你在干吗？"你会说："×××，我不知道现在会不会打扰你。"

那么，从现在开始，试着把所有用"你"字开头的话，换一个说法，变成"我"字。如果每句开头就是"你"，真的脑补下画面，好像有个人用手指一直指着你，你自己也会很不开心。

"你为什么心情不好？"

"我想知道，什么事情让你不开心？"

“你错了，这件事不可能这样。”

“我不知道是不是我用了不同方法，这样做好像不行哦。”

“你没必要老是催我，这次我不会迟到。”

“放心吧，我今天会格外注意时间。”

“不是跟你讲过不要放那么多糖吗？”

“我觉得有点过甜，是不是因为太想我，烧饭的时候分神了？”

“你有没有搞错，怎么可能会是这个意思？”

“我不知道是不是我理解错了，你想表达的是……这个意思对吗？”

“今天你一定得送我妈去机场。”

“我很不方便，今天拜托你送我妈去机场啦。宝贝，有你真好。”

我自己这样试过以后，不仅头不昏了，眼不花了，一口气还能爬六

楼了。不是啦，男朋友不仅乐颠颠去帮我做事，而且态度很好，两人也不会因为说话冲而吵无谓的架了。因为老师本人是个懒鬼，懒鬼就一定要搭配甜嘴巴才能在这个世界好好生存。所以，朋友们、姐妹们，试着把“你”多替换成“我”，看看你们会不会相处得更加愉快。

怎么最后变成分手了呢

前几天，我妹妹的同学过生日。她们去KTV唱歌。寿星的男朋友加班，赶到的时候，已经一点多了。寿星非常生气，加上又喝了一点儿酒，于是和男朋友大闹分手。她们几个女孩坐在出租车上回家的时候，寿星还挂着眼泪问："只是想好好过生日嘛，怎么最后变成分手了呢？是不是不应该分手？"其中一个闺密说："当然要分，你过生日他都迟到，他根本不爱你，以后还怎么相处呢？"寿星点点头。结果，她今天跟我妹妹通电话时，后悔得一塌糊涂。

对呀，只是想好好过个生日嘛，怎么最后变成分手了呢？你也一定遇见过类似的事情，对不对？本来是他的错，你发脾气，结果越闹越大，不知道怎么收场。你根本不想分手的啊，怎么会变成这样呢？老师今天就讲这个问题。

让我们把时间倒回到那个晚上，男朋友迟到这件事，已经这样了，不能再坐时光机回去了，对不对？那么，我们应该怎么面对呢？如果你说的是："宝贝，工作那么辛苦哦。好心疼你呢。不过我生日你还是迟到啦，要小小惩罚你一下哦（惩罚的方式自己发挥啦，买东西、给你按摩一小时、陪你旅游等等有情趣的事情）。"你们看，这样是不是变成了一个双赢的局面呢？

男人做错事，本来是内疚的。我相信她男朋友也是怀着内疚的心去的（结果后来证明，男朋友为了弥补自己的迟到，本来准备第二天带她去森林公园野炊，并准备了各种节目，让哥们儿都安排好了，结果全部取消），但你不依不饶，会让他内疚的心情退去，变成："我又不是故意赶不到，是因为要工作啊。老板不走我有什么办法？你作为我女朋友，这都不能体谅吗？"女朋友听到这种话更气："工作比我重要对吗？那你就跟工作过一辈子啊！"这样恶性循环，怎么会不发展成分手呢？

还有一点，在这个事例里面，我们绝对不能做这个好心办坏事的闺密。可以理解她是心疼自己姐妹，但是在这种情况下，绝对不能替别人判断、替别人选择。你想想，如果有一天他们和好了，你会变得里外都不是人的。

再说回来，我们有一次办演出，后台很黑，地上又堆了很多电线、搭舞台用的木头。杨千嬅当时是我们的表演嘉宾，她在下台以后，从后台出去，不小心被绊倒摔了一跤，膝盖摔破，手擦伤。她这时候也有两个选择：第一，大骂主办方，告他们；她选择了第二个，她自己悄悄去了医院，包扎完了才发微信跟我们说情况：没有大碍，只是擦伤，不要放在心上，今天的表演很成功、很开心。你是主办方是不是很开心？是不是觉得她很友善？下一次活动是不是还想和她合作呢？对呀，事情已经这样了，摔伤这件事已经无法改变，那么就让它变成一件双赢的好事啊。主办方心怀愧疚，第二天大发新闻稿，表扬杨千嬅敬业，艺人和主办方互相体谅，增多了合作机会。这才是聪明的做法啊。

今天老师说的，你听懂了吗？当已经犯下不能再挽回的错误，就让它变成一件好事吧。如果你不想分手，就不要随便把事情上升高度，把事情闹大，一定要想清楚你要的是什么，再去做。老师反复叮嘱，谈恋爱也需要动脑筋。今天，你动脑筋了吗？

这些句型影响感情

我在私信里，常常收到的问题是："怎么我们感情就淡了呢？""为什么感觉他不再爱我了呢？"除了热恋后，脑子里多巴胺不再分泌，你常常有口无心的一些话也在伤害着你们的感情哦。

那么，哪些话在恋爱里尽量不要讲呢？

第一句："你怎么又犯这种错？"怎么样，这句话听上去有没有很耳熟？像不像你小时候妈妈常对你说的话？你听到这种话第一个反应是什么？对啦，就是我怎么又犯了？没错，听到这种话，很容易起逆反心理。本来他自己可能在偷偷反省："哎呀，我怎么会犯这种错？太对不起我老婆了。"但是，他听到这种指责后还是很容易反感："你就十全十美吗？你行你上啊！"在男朋友犯错的时候，老师在前面讲过：错已经犯了，已经无法挽回了，指责他根本没有用。不如坐下来安慰他："我相信人都会犯错啊，没事啦。"他会更爱你哦。

第二句："你凭什么凶我？"有同学举手发言了："老师，你之前不是教过我们一个金句，说和男朋友产生争执，一句话马上能平息吗？这句话就是'你好凶哦'，你这不是自相矛盾吗？"不是的，"你好凶哦"是撒娇，"你凭什么凶我"是指责；"你好凶哦"是小女孩感到委屈和害怕，"你凭什么凶我"是大妈撩起袖子要动手；"你好凶哦"接的下一句是"人家知道错啦"，"你凭什么凶我"接的下一句是"你以为你是谁"。你们能看出区别了吗？

第三句："你看看你，赚的还不如张嘉佳的狗赚得多。"好了，老师反复强调过什么，男人有多么爱面子，自尊心有多强。你在关键时刻冷哼一声都可能让他不举，这句话的杀伤力基本就是把他踩到脚底下了。反过来说，你是学生的时候不也很恨爸妈把你和"别人家的孩子"放在一起对比吗？怎么你长大了，变成自己最讨厌的人了呢？其实，你想对比的话，我们依然可以把话说得很漂亮："情人节，小丽收到了花，而我收到了你。"比如他说："你同事小王的老公赚得比我多，跟我

你真是委屈了。”你可以说:“哪有委屈,我老公比她老公帅啊。”大家一定要记住的原则就是:小王老公赚得再多,不会分你一毛钱,跟你毫无关系。而把自己老公哄高兴了,你就可以过得幸福。懂了吗?

第四句:“亏你还是个男人。”“你知道什么!你能讲点新鲜的吗?”“你连这个也不会?”这一系列。我知道这些都是真心话,我心里也会常常有这样的OS,可是我们把这些话转成更好听的话,好不好?再窝囊的男人听到这些也会在心里骂人的。这些话可以变成:“你知道吗?这个讲过啦,人家要听新的!你也不会吗?怎么办?人家一切都是靠你的,你不会,我心好慌哦。”

第五句:“要不是为了你。”这句话就是赤裸裸的道德绑架。要不是为了你,我才不会辞职在家做家庭主妇,本来我可是要升经理的;要不是为了你,我怎么会放弃那么好的机会,跑到这种三线城市来;要不是为了你,我会和我前男友分手吗?他可是才买了宝马X7。这一切的回答,其实只要一个回答就会让你气吐血:我又没强迫你。你自愿的。你活该!真心说,大家都是成年人,要为自己的选择埋单。那么,这句话要怎么表达才能让男人对你的牺牲心怀感激和愧疚?“我做的选择从来没后悔过,很开心我从北京来了铁岭,如果再有一次机会，我还是会这么选。”话一定要这样讲啦，因为你当然没有再一次机会选择咯，如果真的有，怎么选再说啦。现在已经这样，当然是要讲漂亮话啊。反正你也回不去咯，不如把人情做到底，让男人爱你爱得心头发痛。

礼貌永远不会出错

我有一个特别不靠谱的朋友，每次求别人办事，都是用“反正你也没事儿，去机场接一趟我妈呗”“你那个iPad闲着不用，我拿去玩儿了啊”这样的话。好像反过来倒是他帮了你的忙。虽然最后我也会帮他，但是心里特别不舒服。好啦，你可以说我玻璃心，但是再好的朋友、再亲密的爱人之间，还是一样需要礼貌。

你或许认为林志玲很假，可是与她相处真的如沐春风。你是愿意你的朋友见了你的新发型说声“妈呀，你发型师瞎了啊”，还是愿意与那些好像很假却永远给你台阶、替你圆场的人相处呢？有人问了：“男女朋友也需要这样吗？都那么熟了，不恶心、不矫情吗？”这些一点儿都不是矫情。如果你认为我们已经是男女朋友了，就不需要注意这些了，那么，你很可能就危险了。

这个世界上除了爹妈，是没有人有义务对你好的。这个世界上有人爱你、照顾你，是福气，应该感恩，应该更加珍惜。

我老说感情需要维护、需要经营，保持礼貌就是其中一项。其实人的本能是不会变的，就是听到礼貌的话、客气的话，就会心里开心。换位思考，如果你男朋友把你每天做饭当成理所当然，你会开心吗？你一定希望听到他吃完抱住你说："我真是很有福气哦，娶个这么贤惠又美丽的老婆。"男人也是一样，简简单单的甜言蜜语就能让爱情一直保鲜，为什么你不去做呢？

我们需要从以下几个方面注意：

第一，尊重。让男朋友帮你办事，也要以不过分麻烦对方为前提。比方说，打电话过去，还是要先问一句现在是不是方便讲电话；他上班来不及了，你可以自己打车去，不一定非要他送；他请客吃饭，你要多带一个人，一定要提前知会；你带朋友回家，也最好提前告诉他。

第二，感激。任何一件小事，只要他帮忙了，或者他表现得特别

好，都不要吝啬你的表扬，夸大一万倍也无所谓。他会觉得自己干得很有价值，下次会继续努力。一份随手带来的小礼物，你也表示很喜欢，他就会继续买。我之前交往的一个男朋友，有一次我们俩在家饿得要死，因为外面太热又懒得出去，他就在家烧饭给我吃。说实话，很难吃，可我不但吃完了，还热烈地表扬每一道菜都跟外面饭店水平有得拼。他虽然说我满口胡说，可还是看得出他很高兴。以后呢？他就一直很热衷做饭，并且水平真的越来越高。你看，这样的良性循环才是我们要的，不是吗？

第三，体谅。没有人不会犯错。只要不是原则性的错误，不是触犯到你底线的错误，都可以大事化小，都可以温柔地说：“哎呀，你个小笨蛋啊。”男人都要面子，不要去说“你怎么又错了……”他们已经有个妈了，不需要再多一个。

吵架的意义

相信每个女生都有和男朋友吵架的经历，很多人吵着吵着就分手了。这一篇，老师就来跟大家讲一讲，什么是正确的吵架、我们为什么要吵架以及吵架需要怎样结束。

大家一定要记住，吵架这件事不是为了指出对方不对，因为在你情绪激动的时候再有道理也很难被男人接受；吵架也不是为了发泄情绪，因为吵架中的情绪往往是被夸大的，是不理智的，人会经常说出后悔的话。所以，吵架的目的是让男人知道这件事很严重，触碰到你的底线了。就像你教育宠物狗一样，你并不要求它能懂，而是再也不犯。

男人在相处中像小朋友一样，会逐渐试探你的底线，比方三天不换袜子，你只是提起来丢到洗衣机，说他恶心，他就知道这件事下次还可以做；他一直打游戏，你叫他，他也不理，你就沉下脸，他就知道这件事以后要看你心情做；他和前女友保持联络，你发火生气，他就知道，哦，原来这件事是原则问题，是不可以再做的。所以，这才是我们吵架的目的。

既然有清楚的目的，我们就一定要冷静，有策略有步骤。有的同学会说了："就是因为生气才吵架的啊，怎么能冷静？"对，我就是要告诉大家，生气的时候不要吵架，生气的时候可以去演唱会上大喊，可以去看悲伤的电影大哭，还可以站在路边，看见闯红灯的就冲上去好好教育他，但是绝对不要把这些不健康的情绪放到自己的爱人身上。

所以，当你情绪激动、心中千万头草泥马呼啸而过的时候，立刻挂电话或者转身离开，先冷静下来，记住：冲动是魔鬼。等到你自己心情平静了，知道这个问题的症结所在了，再酝酿情绪去吵架，不要带着真实的心境去吵——女人脑洞太大。

好的，那么吵架的时候，我们该说什么呢？

第一步：是把生气的情绪转化为受伤。（永远记住男人同情弱者。)“你居然还跟她联系,我心里好难过。”这一步是吵架最有趣的阶段,是人生大舞台,你可以是紫菱、紫薇、依萍……总之,所有的言情女主角附身。披头散发捂胸口,躲在墙角默默流泪,用血在浴室写个“冤”字等,注意分寸,不要演成搞笑剧。总之,一个重点:苦!全天下都负了你!这时,男人的反应基本上只剩下解释:“事情不是你想的那样,其实只是她找我帮个忙……”

第二步,抬起头,眼泪汪汪地凝视他,适时拉低领口。说:“那你可不可以以后都不要和她联系,人家心真的好痛。”把他的手拉到自己的胸口。这时,男人的反应基本就是道歉、保证和往别处想了。“我错了,宝贝,还是你重要。”这一步非常重要,不要小瞧。为什么很多吵架都无疾而终?因为男人不知道你要干吗。所以,吵架像说明书一样,做出明确指示:“你绝对不要和她再联络。”“你在十点过后不能再打游戏。”“你必须每天洗碗。”而不要进行嘲讽和否定,“和她发短信是不是好开心啊”“游戏好像比我有魅力呢”“你从来不主动做家务”。更不要讲大道理,一切的理由都只是:你不照做就会伤了我的心。

第三步,把领子拉高,把他的手丢回去,提出补偿要求。等到男

人的注意力都在你的胸上时，脑子就会缺氧变蠢。这时候，撩动长发，摇摆腰肢，靠在他身上："可人家心里还是空空的，好像需要一个包包才能弥补呢。"这时，他们一定会说："好好好，买买买。"不要觉得要东西不好，显得你拜金，这是他们犯错的代价，没有代价怎么会记住不要犯错？

做完第三步，一个成功的架就吵完了。这件事就翻篇儿了，绝对不可以拿出来翻旧账。今天的课难度比较大，知识点比较多，希望大家好好学习，多看几遍。老师总结一句话送给大家：做任何事情都要开动脑筋，不要以为张嘴骂人爽了就行，如果你希望你的爱情更加顺利，更加美好，就要用心经营，一切吵架都不是白费，至少要消费！

不想冷战了要怎么开口

很多时候，我们都觉得冷战必须要熬到对方低头。可是，对方不低头怎么办？你真的舍得就这样分手吗？那主动去和好会不会没有面子呢？今天，老师分享一下自己身边的例子。

第一种方法是我女朋友七七同学的例子。她脾气倔强，如果冷战是很难低头的人。她的方法是不开口，要动手。她和她男朋友冷战完，大概第三天（对，中间隔一天，冷静一下）一早，她就会冲到男朋友家，开始洗碗，收拾家务，一句话也不说。男朋友就会一直像小狗一样跟在她屁股后面，不管男朋友说什么，她都不理。直到她把家里全部收拾得干干净净（约四十分钟到一小时），她摘下

围裙，洗好手，准备离开。这时候，男朋友会抱住她，不让她走，承认错误，或者温存一下，等等。反正，最终就是和好了。这套技法的秘诀是：在做家务过程中，要平和仔细，一定不能乒乒乓乓带着大动静。相信我，沉默真的是一样非常好用的武器。

第二种方法叫作重演法。是我另外一个女性朋友圆圆的例子。她每次冷战完，也是隔一到两天，然后会直接去男朋友家，把他们当时引起冷战或者吵架的事情，再做一遍。做到某一个动作，或者说到某一句话的时候，她就像导演一样喊：“停！就是这句话惹到了我！”同时，允许男朋友发言，他不喜欢你说的哪句话或者哪件事。两个人像分析案情一样把这件事剖析得清清楚楚，在表演的过程中很容易笑场，很快就会和好了。这个方法非常好玩，一般有心坐下来重演的两个人，都不会再吵了。但老师建议，这种方法在恋爱初期就要和男朋友商量好，因为真的很能解决问题，而且趣味十足。

第三种方法戏剧性差一点儿，就是每一个女生都可以运用的求助法。他如果三天不理你，你就可以发微信或者短信去跟他讲一件事，这件事跟你们吵架或者你们的感情完全没有关系，最好和工作、其他朋友相关。摆出我不是要跟你主动讲话，这是被迫的方法。目的是先恢复邦交。等对话正常了，就可以进行第二步，就是吃醋，说些“几天不跟你讲话就变心啦？”“几天不理我有新情况了是不是？”“是哪个女人趁机打你主意？”之类的。恢复邦交之后，再吃醋，感情一下子就回来了。注意！暂时还不能翻旧账。等见了面，吃了饭，两个人坐下来谈心的时候，才可以眼泪大颗大颗地流下来说：“你几天都不理人家，坏人！”保证感情继续升温。

好啦，老师其实不建议冷战啦，今日事今日毕。闹别扭都最好在当天和好哦。

我的男人他到底最爱谁

男人心底最难忘的人是谁？我一直觉得这个问题真的是大家被广大的言情剧害了。男人心里永远住着他的初恋啦，一定有一个他一辈子都忘不了的人啦，等等。很多女孩子就会纠结，我的男人他到底最爱谁。

我有个女朋友，做了小三，最后男人离开她，回归家庭。男人对她说："我是最爱你的，但我有家庭责任，不能让小孩没有爸爸。"我还有个女朋友被男朋友甩了，男人说："我最爱的是你，但是我必须和她结婚，因为如果我不娶她，我妈就要和我断绝关系。"我第三个女朋友和老公离了婚，老公和一个富婆好了，跟她说："我最爱的是你，只是为了更好的生活才和她在一起的，她什么都不比上你。”我很能理解，她们认真地认为男人最爱的是她们，这样想有助于她们度过生命里最痛苦的时刻。

但其实我要说的是非常残酷的事实——男人最爱的一定是他自己。上面三个例子里面，女人只是被他牺牲的一部分：因为怕社会压力，所以选择回归家庭；因为怕家庭压力，所以选择父母挑好的伴侣；因为怕经济压力，所以选择富婆。他怎么最爱的会是你呢？你连第二也排不到啊。面对压力的时候，他并没有选择和你一起面对、一起承担，而是为了给自己减压，把所有痛苦都放到你身上。

最后那个女朋友很不服气，她说：“不是啊，他只是爱她的钱，真正爱的是我啊。”相信我，钱永远不会独立存在，如果他是爱钱，他就会自己去赚。有钱的女人，钱也是她特质的一部分。就像漂亮的女人，漂亮也是她的一部分，你不会说他只是爱她的容貌，但是爱的是我这个人。他选择了富婆，那么他爱的就是她。

你们一定要记住，男人选择和谁在一起就是最爱谁，没有例外。所以，如果男人在你身边，你就不要纠结他心底是不是还有别人，就算有又怎么样呢？

我还有一个生活很幸福的女朋友，她跟我说，她明确知道她老公最爱的不是她。在她之前，他有过一段轰轰烈烈的爱情，最后因为那个女生远走国外嫁人而无疾而终。但她并不在意，她觉得只要人在她身边就好了。男人嘛，心里偶尔回忆一下白玫瑰、红玫瑰什么的，就随他去吧。

爱情的真谛就在这里，学会睁一只眼闭一只眼。不要庸人自扰，这一刻他在你身边，最爱的就是你。

去死吧，负能量

我有一个朋友，属于特别爱抱怨的类型。比方每次约地方吃饭，她总是要迟到，到了以后第一句话绝对不是道歉，而是："我跟你说北京的交通完蛋了！每次出来一趟，都要花几个小时，我真是受够了。"这就让人非常难接话，感觉约她出来是我们对不住她一样。

饭上桌了，大家都在很开心地吃，只有她用筷子翻翻菜："你们真的觉得这个很好吃吗？"我们面面相觑："农家乐啊，还好吧，你还能指望它和满汉全席一样好吃啊？大家不就来吃个风味吗？"她就会放下筷子，耸耸肩："你们高兴就好。"

长此以往，我们出来吃饭、唱歌就再也不会约她了。大家都在打拼，谁没压力，谁没看过别人脸色，谁没被堵在北京路上几个小时，甚至下大雨四五个小时打不着车的？但是，谁又喜欢听别人抱怨呢？本来心情一般，或者心情很好，不停地听到别人抱怨，也会受到影响，心情变得灰暗。

我之前有个男朋友，各方面条件都很好，无论长相还是收入，都是一等一的，就是特别爱抱怨。每天晚上，起码要打两个小时电话给我。有一天，我终于忍不住了，在电话里大骂："谁要做你的情绪垃圾桶啊？偶尔一两次抱怨大家都能接受的，天天来这里倾诉，就是心理医生也要收钱的好吧。"然后过了几天，我就发现他的MSN签名改成：世界上唯一一朵孤独的花儿，没有人真正懂我。当时我就觉得，哇，幸亏分手了。

有的姑娘要问了："那有心事、有不开心的事不就是应该和最爱的人共同分担吗？"确实，所以偶尔抱怨是可以的，还可以让对方觉得你娇弱无助、需要保护，产生英雄救美的感觉。重点在于次数！老师建议，一个月一次。偶尔的抱怨对两个人的感情是有帮助的，并且记住关键在于，他安慰完了你，你一定要表现出这样的态度：豁然开朗，人生发现了一个新境界，“哇，你真的好棒，帮我解决了人生难题”这种状态。否则一个人安慰了你一晚上，你还是闷闷不乐，给别人脸色，相当于对方做了一晚上无用功。

我有个阿姨特别喜欢自怜自艾，比方说，女儿不结婚，她觉得是不孝；女儿结婚了，但没生孩子，她觉得又不孝；生了孩子，女儿、女婿上班，她带孩子，她又觉得很辛苦，女儿仍然不孝。这真是属于被害妄想症的一种了。喜欢输出负能量的人，大概觉得世界永远对她有亏欠，就算投胎成比尔·盖茨的女儿，也认为自己没有奥黛丽·赫本的容貌而觉得世界不公平吧。

难道我们有不开心的事情就应该憋着吗？不是的，为什么你有那么多不开心的事情，是不是自己钻牛角尖了？你这么大人了，不开心的东西还学不会自己消化，要拿出来污染大家是不是没有公德心？不开心的事情说出来，事情能解决吗？如果不能，为什么要讲？甚至说，为什么要因为不能解决的事情而不开心？

同样的，我有个好朋友易术就是个完全相反的人。有一次，我们去一家东北饭馆吃饭，菜做得特别难吃，但是老板娘特别会吵架，一边上菜一边骂服务员，骂得像二人转似的。我们俩笑了一顿饭，觉得好开心。其实，是正能量还是负能量，完全取决于你有没有一双能发现美的眼睛。

一天只有24小时，你愿意高兴着过还是烦恼着过，都取决于你自己，而你愿意和高高兴兴的人过还是唉声叹气的人过，也是你的选择。但是，你每天怨天尤人，不要忘记别人也有选择离开的权利哦。

不要摆脸色

我非常喜欢的一部美剧叫作《人人都恨克里斯》，里面有一个情节是妈妈想要出去约会过二人世界，爸爸说在家挺好的，省钱。妈妈生气了，晚饭只给小朋友做了鸡肉。爸爸说："对不起宝贝，我们出去约会吧。"妈妈立刻眉开眼笑地说："好的，走吧，宝贝，我爱你。"如果是从前的我，一定会冷冷地回答："你自己去吧，我已经没心情了。"这句话呢，一半是真的，一半是还在生气：你为什么一开始不满足我呢？

好了，老师又要开始骂人了："为什么要满足你呢？爱情本来就是两个人互相妥协啊。你是秦始皇啊，不满足你就是死罪吗？他已

经认识到错误了，立刻改正不是很好吗？你为什么不反过来想想，你怎么不满足他在家吃饭的要求呢？男人已经妥协，就要立刻收下啊。让他知道他的妥协是对的，以后要继续这样做。”老师说过，男人思维是很简单的，像小狗一样，它做错了事，你打它，它就知道不对了。它改正了，你仍然打它，狗会蒙掉好吧，它的小脑袋里面会想：“又哪里做错了？改正也不对啊？”

如果你说：“我没心情了。”男人一定觉得自己碰了一鼻子灰，很容易产生这种心态：我已经照你的要求去做了啊，你还要怎么样？下次再遇到这种事，男人就会分析：反正说一起出去吃饭她也不会开心，那我哄她干吗？随便她好了。这不就变成一个恶性循环了吗？你们喜欢这样吗？

再回到事发当时：他表明自己不想去这件事是不是已经发生了？其实可能他真的很累呢？可能他觉得情人节外面很多人排队，没必要特意今天去吃呢？在你完全不了解他为什么不想出去的情况下，男人主动哄你，其实已经很好了呀。再反过来想，你是希望他主动哄你，还是想大家彼此不说话，你泡杯方便面摆个臭脸，打开电视机过一晚上？

所以只要不是原则性的错误，只要男人做出悔改、认错的行为，立刻热情地回应。一件小事就让它停留在这件小事上。明确表示出yes和no，对两个人的沟通有特别大的好处。你这样做，我会生气，你改正我就高兴：能让男人有一个明确的解决方法是件特别好的事情。不要让他们蒙在鼓里，你自己也不高兴，对于你们两个人一点儿好处都没有。

可能马上要掌握这个“吵完架可以立刻眉开眼笑”功能有点难，但是我希望大家先从“不要摆脸色，问题解决了，就过去了”开始做起。有的姑娘说，可我真的是没有心情去了啊，也硬要去吗？答案是：对啊！有没有心情这件事有什么了不起啊，你们还每天没心情上班呢，还不得乖乖地去等公交车！经营爱情、经营家庭难道不比上班重要啊，有没有心情算什么！

NOTE

Chapter 8

完美的恋爱关系，
只能靠女人自己

在男人对你有好感，你们没成为男女朋友时，他们患有“你说什么都是对的，哪怕是胡说也有部分值得参考的”综合征。当你们成为男女朋友后，男人的病症就会变为“我没有观点，我的观点就是反对你的观点”。

好好说话就能轻易掌控男人

不管你信不信，这个世界掌握在女人手里，所以你也一定要相信，两人相处，主动权是在女人手里的。你所需要学会的，就是掌控主动权的方法。

打一个比方，今天有个聚会，是和你的姐妹们的聚会，如何说才能让男朋友想去呢？有的姑娘说了，这么简单的事情，叫他一起去就好了。请记住，是让他想去，让他想好好表现，而不只是让他完成任务，陪你去。

我们的方法是戴高帽子法。你可以诚恳地说："哎，你还记得上次和我们一起吃饭的艾米吗？她说你说话好幽默。今天我们有个聚会，艾米把你一通夸，她们都吵着要见你。小林说不信你比她还会说笑话。你要不要一起去？”

简单归纳成公式就是：一件他擅长的事+朋友都很欢迎他+邀请。

同样一个聚会，这次你不希望你男朋友去，我们又要怎么说呢？依然是戴高帽子法，只不过呢，话要反过来说。

他问：“今天你干吗去？”

你说：“我们姐妹们有个聚会，主要是讨论给艾米送礼物的事情，你知道她快生了，我们也不知道给产妇送什么。听说坐月子好多讲究呢。我想送一瓶面霜，她们又说产妇不能涂，有添加剂的，好麻烦。哎，你要不要去玩儿啊？”

相信我，他一定会说：“那你们去吧，我自己在家或者我去找我的兄弟玩儿。”

简单归纳成公式就是：一个他绝对不感兴趣的话题+啰唆无序+邀请。

你看，你会发现好好说话就能轻易掌握主动权，对不对？

还有很多女生跟我说，遇见的男生都是妈宝男，都听妈妈的。这时候，就需要你给他洗脑了。你身边是不是有很多这样的女生，明明长得很普通，但自信爆棚，以美女自居，并且跟所有人都说自己是美女。时间久了，你也就接受这个事实了，这就是洗脑。所以，你需要反复和他重申：谁是和你共度一生的人？谁是你生命中和你待的时间最长的人？谁是你生活中最重要的人？谁是你为之奋斗的目标？反复讲、不停地讲，讲到他觉得就是真理。尤其是男人陷入低谷、事业受挫的时候，你就像北斗星一样照亮他前进的方向：“你为了什么而活？你生命的意义是什么？对，就是我！你别瞎想，好好和我一起过日子吧！”

我有一次问一个男的：“和女朋友怎么样？”他说：“很好啊，都见家长了。”他女朋友私下跟我说：“看不到未来。”后来没多久，他俩分了。另外一对里男的说：“对她没多大感觉。”女生说：“我预感我们会在一起。”现在，他们已经结婚了。两个人的感情中，男人永远是迟钝的，能真正看清楚两人关系的一定是女的。女人说要分要合，基本都会成真。

所以，作为一个成熟女性，你还不能熟练掌控主动权就太不合格了！

能跟直男吐槽其他女人吗

我们女人很容易被生活中的小烦恼困扰到，也时常喜欢背后跟最亲密的人一起八卦吐槽一下，但是直男并不能理解我们这种实则无害的减压行为。首先，他并不能理解这些事情跟你有什么关系；其次，当你认真地跟他吐槽一个人的时候，直男常会怀疑是不是你自己有问题。这样很容易就吵起来了好吗？

我们为什么要因为这点儿思维的不同而伤害两个人的感情呢？那怎么办？

大家一定都有这样的经验：某天，你其实只是顺嘴对男朋友/老公甚至男性朋友说：“那个女人人品不怎么样。”他们一般会回：“怎么了？”然后你说：“她哦，明明知道别人有女朋友还跟他半夜发微信。”直男的反应都是：“我觉得还好啊，也许她只是心情不好。不就发个微信嘛，你太小题大做了。”甚至他会说：“就你一天疑神疑鬼的。”如果看到这篇文章的是女读者，你们一定都会同意，这个女人真的很有问题吧，而且你们也不一定觉得这是小题大做，对不对？

听到这种回答，你本来只是想跟他分享一下，一下子就很容易生气：“你跟那个女人一边的是不是？”“这不叫严重，什么叫严重？是不是你也有这种女同事？”“是不是给你发短信，你也不觉得她有问题，还非常积极地回复啊？”从直男的角度看，他一定会觉得你真是太无理取闹了。

好，我们来回顾一下，你怎么从好好分享日常生活到无理取闹的。对，关键就是，你吐槽了别的女人。

所以老师要教的就是，不要吐槽了吗？No，too young too simple.首先，我要说，这种分享八卦，吐槽其他女人的美妙时刻，应该跟闺密一起。你知道，你和闺密坐在一起，点一杯伯爵茶、一块起司蛋糕，然后开口：“你知道那个特别有心计，跟老板走得很近的女同事，被老板老婆打了吗？”多么美妙的下午茶时光。

好啦，你要说："难道就没办法对直男吐槽别的女人吗？"老师的建议是，如果你纯属为了减压、娱乐，就跟闺密一起聊。如果你就是非常执着地想从直男口中听到你乐意听的话，也不是没有办法。

其实，直男这种愚蠢的动物，不爱动脑筋，且爱！做！好！人！所以从本性上，他们就会把你八卦的行为直接归类到嫉妒，而他们不喜欢嫉妒。而且，你一旦吐槽了别的女人，他们就马上觉得被说坏话的是弱势，他们又从本能上同情弱势的一方。所以，对男人说其他女人的坏话是非常不明智的，是存心给自己添堵的行为。

如果你就是执着于此，想听到从这个男人口中说出对这个女人的评价跟你一致的话，关键就在于，把你自己变成弱势的一方。那么坏话的开头，不再有对对方的人身攻击，什么贱、坏、有心计等词全部给我换掉，换成："我觉得××姐姐人好好哦，又大方又漂亮。"相信我，一般到这里，男人就会很不屑一顾地说："她也叫漂亮？你瞎啊！"这时候，你要冷静、要继续演下去，绝不能喜笑颜开地接口："对，她丑得哦……"你必须接着说："她是耐看啦。不过呢，我觉得她好像不太喜欢我。"

懂了吗？这句话，一下子把你放到了弱势群体的一方，是她不喜欢你，不是你不喜欢她。直男就会马上燃起保护之心，他一定会说：“她为什么不喜欢你？”这时候，你也要忍住，禁止说出以下词语：“因为她嫉妒我”“因为她更年期啊”“因为她神经病啊”等等。正确说法：“我也不知道哪里得罪她了，她对我特别凶，我也不知道要怎么办。”“我好委屈，我努力对她好，她也不理我。”“我每天帮她买早餐，她还是对我很凶。”

这时候，直男就会安慰你了，而不是说你是不是在嫉妒对方了，因为你才是弱者，是他需要保护的人。吐槽别人本身是没什么意义的，关键是得到男神的呵护才最安慰人啦！

懂了吗？重点在于把自己的伤害和委屈说出来，而不是直接攻击对方的做法有问题。请大家学会举一反三。还有，老师最后给一句忠告：不要跟自己的男友太频繁地吐槽同一个女人。不怕贼偷就怕贼惦记，让你男人反而注意起这个“坏女人”也不是什么好事哦。

怎样科学地吃醋

一定有人说，吃醋谁不会啊！但怎么样科学地吃醋，吃醋的程度、频率，你认真研究过吗？

老师经常说韩剧害人！韩剧也有说得对的地方，男生确实是喜欢被吃醋，因为吃醋，至少证明他被两个以上的女生喜欢，说明他有魅力啊。所以，那些洒脱的女孩子，男朋友如果问你："你不吃醋吗？"千万别说："不会呀。"我们偶尔也要装作吃吃醋，哄哄男人。

吃醋最大的忌讳就是有针对者，也就是别对着某一个人吃醋，很容易弄假成真。我们公司有个男孩，工作上和另外一个女生搭档，他女朋友非常吃醋，整天怀疑他和那个女孩有一腿。本来那个男生对女孩没什么感觉，因为女朋友疑神疑鬼，他感觉那个女孩好像真的在暗恋他，他就开始对女孩格外注意，各种事上也很照顾她。女孩被照顾多了，也觉得男孩人真的很不错，很体贴。一来二去，两个人真的好了。他女朋友真是活生生把自己的男人拱手让了出去。所以，老师要格外提醒大家，吃醋要全面地吃，不要针对一个人吃，要广泛地吃。你知道男人真的会对“爱慕着他，暗恋着他”的女人格外有好感，不管真的假的。

吃醋的频率不宜过高，大概一个月一到两次；不要过分，做到在他怀里撒娇、蹭蹭头就好了。

吃醋呢，有很多好处，比方说，你可以打着吃醋的名头干各种事：

“不要看电视了啦，我要吃醋啦，看见范冰冰就挪不开眼睛了吗？”

“不要玩游戏了啦，是不是和哪个小姑娘约好了在游戏里见面啦？气死我了！”

“我吃醋了，你手机都不让我看，肯定跟别人卿卿我我呢。”

吃醋不仅仅可以和人，还可以和世界万物：

“干吗对着iPad俩小时不撒手啊，吃醋啦，它比我美吗？”

“周末只顾在家睡懒觉，都不约人家。是啦，你就是喜欢床比喜欢我多！”

“真的,我发现你看手机的时候比看我深情,怎么样,我是比iPhone便宜对不对！”

“受死吧！每天在跑步机上花的力气比在我身上还多！”

吃醋是会增进两个人之间感情的,所以吃醋绝对不能过于深入,吃醋吃得变成小心眼和多疑就会变得不可爱。比方说,男朋友和女客户出去吃饭,稍微吃一点儿醋就可以了:“呀,不要背着我偷偷爱上别人哦。”如果变成:“你们要是没有不正当关系,她为什么要和你签这么大的合同？”这就没意思了,而且很容易吵架翻脸,这就是典型的无事生非。

吃醋是撒娇,容易让男人误以为是开玩笑,所以有正经事,绝对不要摆出——“我在吃醋”的样子,或者让他以为:呵呵,女朋友又吃醋了。这样根本没办法好好地聊事情。比如:“我觉得你和前女友的联系过于频繁了。”如果他问:“哎呀,吃醋了呀？”你就要正色回答:“不是吃醋这么简单,我已经非常不高兴了,再这样会影响感情的。”(注意,表情要非常严肃。)

看完了这篇,不要以为谈恋爱就是靠本能！谈恋爱靠科学！靠经营！

跟直男聊天为什么容易变吵架

在男人对你有好感，你们没成为男女朋友时，他们患有“你说什么都是对的，哪怕是胡说也有部分值得参考的”综合征。当你们成为男女朋友后，男人的病症就会变为“我没有观点，我的观点就是反对你的观点”。

大家也有经验吧，跟直男这种智商奇特的生物聊天得有多辛苦。本来只想多聊天互相关心促进感情呀，最终变成了吵架，甚至彼此会翻旧账吵着要分手。就算不闹起来，也是添堵啊！我们这些容易作的女孩子，简直分分钟“你是不是不爱我了”就要脱口而出。而直男最擅长的就是说：“无理取闹！”真的没办法收场呢！

我们为什么不能在两个人成为男女朋友之后，仍然岁月静好、风轻云淡地好好聊天呢？

吵架不是我们想要的结果。我们想要好好聊天，所以呢，我们要好好利用男人的“我的观点就是反对你的观点”这个心理。我们用最容易吵架的话题来举例：不可避免地谈到他的前女友。（不要没事找事。）

绝对不要直接说前女友的不好，如果男朋友和你聊起她，请做出一副人畜无害、天真无邪的样子，无论他怎么说，万用的句型：“她肯定不是有心的，她一定有苦衷，她也不容易。”由于男朋友患上“习惯性反驳综合征”，他就会很自然地接话：“她有个什么苦衷，有苦衷就可以什么事情都做得出来吗？”

如果前女友时不时来找前男友帮忙做事，你要这么说：“她没什么其他朋友。一个人在北京，也真是挺不容易的。”男朋友也会习惯性接话：“有什么不容易，谁不是一个人在北京啊。”这种对话多来个几次，男人就会被自己洗脑。

这样说话，不但能让男人及时看清自己的内心，长此以往，即使你不得不亲自出马斩断前女友的不死贼心，他也绝对不会觉得是你的问题。

同样，你想听什么八卦，也要反着说。直男不太愿意背后说别人的八卦，但如果你想知道你的男人接触的都是些什么人，可以用这个办法打探。如果你直接问男人："听说你老板包了一个小情人啊？"他一定回你："你怎么这么八卦啊，关你什么事？"所以呢，想套男朋友的话，就必须说："我觉得你身边男人里面，最出色的就是你老板了。人又能干，长得也不错，最重要的是对老婆死心塌地的。简直完美。"他就会冷冷地说："专一？哼。他包了一个小情人，还是大学生呢。他每晚都不回家睡觉，他老婆也不敢讲。"你如果还想听细节呢，就要继续说："不可能吧，看不出你老板是这样的人啊。上次去喝酒，他还给老婆打报告呢。"直男绝对会继续给你爆料："呵呵，他对着电话叫老婆的，可不一定是领证的那个。而且，他小情人还不止一个呢。"如果你仍然想知道这位老板的情况，还能继续套话哦，你可以说："好好好，就算他生活不检点，能力总是没问题的吧？一个人白手起家，现在员工也蛮多的。真是了不起。"接下来，你就会听到直男告诉你："能力？呵呵，要不是他爸爸是×××，你以为他

能这么容易拿到这么多单子？”总之呢，技巧就是，拼命表扬你要探听的人，表现出自己非常神往、非常崇拜的样子，相信我，直男最喜欢打破女人的幻想，觉得你们女人懂什么啊。为了证明，他们就会不断说出很多秘密哦。最后，你才提醒他：“你千万别跟这样的人学坏了哦！”

掌握了直男的这个心理，我们就可以让两人的聊天变得气氛友好！想要让直男注意的事情，也就不会引起他们的逆反心理。说到底，男人还真是小孩子啊，我们要这么哄着，才不会让两个人的感情莫名其妙地消失。

接受直男是一种说话不算数的动物

恋爱的烦恼里面有80%是因为：我男朋友说话不算数。是的，你会经常发现他许下的承诺无法兑现。他对你说他会永远爱你，然后看着别的姑娘半天回不了神；他说你是世界上最美的女人，然后对着电脑里的林志玲幻想；他说，我把工资全部上交给你，然后偷偷在放袜子的抽屉里存私房钱。一盆号称水煮鱼的菜里面还有那么多豆芽呢，更何况男人。他们心智根本还在小朋友阶段，你很难要求他把说的每一句话都兑现。

男人为什么说话不算数？我觉得倒不是他们故意说谎，而是他们对自己的估计不足。他们很喜欢许下自己做不到的诺言，而许诺

的时候，他们并不知道自己做不到。前两天，小欣要上早班，要五点就起床。她男朋友自告奋勇说自己可以打电话叫她起床，不用定闹钟。结果第二天早上，同事打电话给小欣问怎么还不到的时候，小欣才发现自己睡过头了。她忙完工作打给男朋友，那时候已经上午十点，这位同学依然睡得像死猪一样。这就是典型的对自己估计不足。

男人的话一般分三类。第一种是牵涉到未来的，什么一辈子啊，海誓山盟啊。这种呢，是100%做不到的，所以听听就好，把它当成一种恋爱的情趣。男人说这些话的时候，也不一定很认真，可能觉得只是走个流程，好像每个人谈恋爱都要说这种话，不说好像不对。

第二种是具体事情的承诺。比如上面例子里那种，这一种又细分为两种。一种是他努力后是可以做到的，比方说，下个月一起去旅游，送个iPhone给你。针对这一种，老师建议，你一定要反复提醒他，必要的时候，还要看着他的眼睛萌萌地说："我会当真的哦。不要骗人！"还有一种是努力也不一定能做到，比如"我一定会当上经理""我一定让你过上女王的日子"。这一种抱着中奖的心理，应该是不会实现的，万一实现了，就是惊喜，所以需要鼓励他。

还有一种话呢，就像小孩子说的一样，说出来会伤人的。我外甥，六岁，每天对着他亲妈要说起码十遍："我不要当你儿子了。"可是他妈不会当真。所以当你男朋友说你"很讨厌，啥也不会"的时候，要喝止他，但不要当真，因为他们情绪化的时候口不择言，会很容易让你出现自我否定，那是最划不来的。你自己怎么样，自己清楚，不能因为他的口出恶言而自我怀疑。

所以，不要因为男朋友说话不算数而生气，那你气不过来。重要的事情说出来做到就可以了，不要太较真。试着接受男人是一种说话不算数的动物，但不要鼓励他这么做。

直男的潜台词

我每天都会收到很多私信，最常见的有两种，一种是说：“公子，男神回复我微信说‘先忙，一会儿找我’，一会儿到底是什么时候？”或者是说：“公子啊！我男朋友老说我们发展太快了，他需要静静。”老师说过，直男看起来是一种头脑比我们女生要简单得多的生物，但为什么他们时常会说出让我们这些高等生物费解的话呢？现在老师给你们一一解答。

前一段时间，我的助理小欣遇到了一个男人。这个男人每一句话都说得百转千回、跌宕起伏，但主题都是“我和我女朋友感情不好”。他会主动找小欣聊天说“我觉得你更懂我啊”“你才是我的红颜知己啦”。这些话看起来很简单，小欣听了就非常感动，觉得这个男人离了自己简直就不能活。别傻了，这就是最典型的劈腿花招好吗！可是，男人为什么要玩这种卑劣的暗示游戏呢？

第一，所有直男，所有！都很想当好人，绝对不想暴露自己衣冠禽兽的一面。第二个呢，等你主动上钩，他也不用负责。于是，他就把自己打扮得很苦情，就等着你顶着圣母光环傻乎乎地跳过来入坑。所以，他们会抛出受过很多伤之类的话，“我虽然是已经有女朋友的人了，可是我跟她感情不好，只有你真正与我的灵魂相通，我们是soul mate”。这样一来，万一以后大家撕破脸了，他就可以振振有词地说：“大家心甘情愿，我没有骗你哦。只是我和我女朋友感情又好了。”

所以，如果你听懂了这些话，恰好这个男人就是你喜欢的类型，那请他整理好自己的感情，你们之间再逐渐发展，不要轻易相信他而确立关系，灵魂伴侣没那么容易遇到！如果你不太懂或者不想被渣男恶心到，那老师就要提醒你了，要么远远走开，要么立即把聊天记录发给他女朋友。

再说回我的助理小欣，那个打着灵魂相通幌子的男人，在他们

相处不到一个月的甜蜜期后，又开始了另一番腔调，“我们要冷静一下”。同时还配合其他衍生进化版本，诸如“我不能给你未来”“我现在还不想安定下来”“我怕给不了你幸福”。这些话翻译出来通通就是“再见”。你想想看他有什么好冷静的，今天又不是马云要把遗产全部送给他，他要冷静一下；今天又不是Angelababy要抛弃黄教主跟他在一起，他要冷静一下。他一个月薪三千五的小职员，有什么好冷静的？他人生遇到最大的事情，也不就是今天公交车没赶上啊，昨天在厕所里抢了老板的蹲坑罢了！他到底有什么好冷静的？所以，聊到这种话题就是想分手了，非常简单。这个时候，你也没必要死缠烂打了，因为他很可能已经开始在下一个“灵魂伴侣”面前抱怨和你感情不好了。

直男的潜台词主要就存在于约姑娘和分手这两件事上，因为就在这两点上，他们非常不光明磊落，非常地不man。大家一定要记得老师反复强调的，直男最想做的是什么呢？对！就是做好人！这两件事情上，他会伪装得很gentleman，装得很礼貌，装得和你真的很心灵相通。理解了直男的这个心理，他说的那些匪夷所思的话就都能听懂了！

在外给足男人面子的句型

我们经常会看到这样的社会新闻："两男子为了拼酒，把自己喝到酒精中毒不治死亡。""两男子为抢车位火拼重伤。"放下报纸，你心里的OS肯定是：这是蠢吗？NO，这是男人。面子就是他们的生命。

我家楼下有一个烧烤摊，一到夏天就是著名的斗殴场地。我早上去上班，经常看见地上血迹斑斑，老板会非常见惯不惊地告诉我："昨天又有几个人进医院了。"打架的原因非常简单，我曾有幸目睹过一次。就是一个女孩，走过来指着隔壁桌上一个男的说："刚才就是他瞅我。"然后，她身后就会出现一个傻大个儿冲上去说："你为啥

瞅我媳妇？”这样基本上就开打了。我讲这个例子，就是为了再次强调，男人多么爱面子，女人只要一句话，就能让他头破血流：“瞅你媳妇你都不管，你还是不是男人？”保证他立刻像打了鸡血一样。

男人还最爱干什么？对，就是吹牛。吹牛有很多种，“我很有钱”“我和成龙是发小”“我家有很深厚的背景”……

男人要面子，所以我们就给他。如果给他面子能换回你要的一切，有什么不可以呢？尤其在外面，在他的朋友面前，你就做个小媳妇儿，有什么关系呢？

你只要做到，在他们吃饭的时候，能聊就聊，不能聊就微笑少说话，适时给大家倒酒，跟他朋友的女朋友聊聊天。（请注意，哥们儿的女朋友这种生物，如果能好好结交，对你们的感情只有好处没有坏处，但个人建议无须深交。）问服务员要纸巾，总之做好一个贤妻良母的范本。

如果对他提出请求，不要用祈使句。全部用“可以……吗”“要不要”开头。

“可以帮我把那个杯子递过来吗？”

“要不要吃一点儿素菜？”

“可以少喝一点儿吗？”

“要不要我帮你叫代驾？”

如果话题丢到你头上，大大方方地回答。很难回答的问题，一律丢给男朋友，微笑着回答：“这个呀，我不清楚，我们家是他做主。”

得到邀请，也可以含情脉脉地对着男朋友问：“老板，我可以去吗？”

如果真的受不了男人喝得烂醉如泥，像狗一样到处乱爬，记住！不要发作！因为你现在发火根本没用，一个醉如死狗的男人听得进去吗？不如找个借口离开，不要管他，放心，他兄弟一定会把他平安送回家的。如果你做这种拖死狗的工作，你一定会怨气冲天，又变成一场吵架，不如眼不见心不烦。等第二天他酒醒了打电话给你，你再和他说话。

这些招数除了给男人面子，如果他前女友或者他前女友的好朋友在，也一定会像一柄柄利剑射向她们的心中。

我曾经在一个酒局上碰到一个女生对我特别有敌意。一开始，我还不知道为什么，她就一个劲儿灌我酒。后来，另外一个女孩才告诉我，她的闺密追过我男朋友，没成功。后来，她闺密也来了，也是一个劲儿要灌我酒。几个人就在起哄。我拿着酒走到男朋友身边问他：

“我有点晕,你觉得我还要喝吗? 听你的。”男人听了,拿过酒一饮而尽,还拍拍我说:“不能喝酒不要逞强,你和她们那些经常出来喝的女孩不一样。”不得不说,当时她们的脸色也是十分精彩的哟。

有些女生会担心,这样是不是在男朋友面前就低一等? 我可以负责地告诉你,你在外面给够他面子,回家你想要什么面子都有。如果你真正有面子、有地位,你就不会在意在别人面前伏低做小,相反,会有一种角色扮演的快感。

装修，爱情的杀手

俗话说：不怕新妞怕旅游，熬完旅游有装修。爱情有两个大坎儿，如果这两个坎儿都迈过去了，那真的恭喜你，你将来的婚姻基本不会有太大的问题。

我看见过无数个因为装修吵得不可开交，最后分手的夫妇。我们先看看，装修容易出的最大问题就是意见不统一，今天讲几个避免这种争吵的方法。

第一个说我妈。我妈今年六十了，是个非常老派、传统乃至刚烈的女人。我们家前几年搬新家，因为她退休了，所以装修这件事她全权负责。这非常好，首先我们要明确责任，到底听谁的。我妈特别棒

的一点是，她跟我爸提出过："要么你负责装修，我保证不发表任何意见。"我爸嫌麻烦，让我妈负责。我妈说："那这样，你把你的要求全部一次性提出。看过图纸以后，你就不能发表意见了，装修得不好，你也不能说不好。"我爸同意了。但是你们知道的，直男怎么可能不提意见呢？装修到一半的时候，我爸这种老奸巨猾的直男，可会提意见了。他不会直接说哪儿哪儿不好，他就说"哎呀，这个鞋柜吧，看着别扭"。我妈瞪他，他就老实了。但是当我爸把这个话说了三遍之后，我妈也不瞪他了，直接拿起施工队的锤子走过去，一锤子把鞋柜敲烂，然后把锤子一丢，人走了，再也不来了。我爸吓傻了，回家跟我妈又发誓又保证："再也不提意见了，老婆说得都对。"于是，接下来的装修无比顺利。

第二个说我闺密小曹。小曹是个设计师，个人非常有品位，平常无论穿着还是家居都很讲究。她老公是个归国华侨，也是个觉得自己特别有品位的直男，但是你们知道直男的品位……小曹绝对不能容许自己的房子被直男的审美给糟蹋了，但是也不好冲上去打击他："你懂个屁，你每次都能挑出整个新款里面最丑的那件衣服。"由于老公经常出国，装修的主要负责人仍然是小曹，但是她老公绝对没有我爸爸那么好打发，而且她老公非常喜欢提意见。小曹用了一个非常聪明的办法。她挑选任何一样东西，比方瓷砖、墙纸、地板，都挑两到三种自己完全可以接受的花式发视频或者拍照给老公看，让他做最后的决定。她老公很高兴，觉得自己掌握了全局。小曹也很高兴，因为无论选择哪种，都不会太糟糕，都在她的掌控之中。就这样，两个人和和美美地完成了整个装修，而且房子也非常好看。每次去她家，直男还得意万分地给大家介绍："你们看，我的品位如何？"大家纷纷点头称赞的同时，小曹心里非常欣慰。

老师今天讲的你们有没有看懂？我不仅仅在聊装修哦，其实任何问题，都可以采用以上方法解决。你一定要记得，你才是如来佛，只要顺利掌握以上技巧，男人永远也跑不出你的手掌心。

要么不说，要么不做

你知道，每次一回家，看到家里乱糟糟的，老公还在打游戏，当时的感觉……我非常能理解你当时心里燃起的无名之火，好想对着老公喷一口，烧死这个对着电脑嘿嘿傻笑的家伙。于是，大多数人开始一边重手重脚地收拾家务，一边开始骂老公："你为什么能做到家里这么乱糟糟还熟视无睹？这个家是我一个人的吗？一定要等我回来才做饭吗？玩电脑有多重要？你干脆跟电脑过吧。"毫无疑问，家里要么爆发争吵，要么开始压抑的冷战。我有一个女性朋友就是如此状况，但是她回家以后，非常冷静地看了周围，叫了外卖，也坐下来上网。外卖到了，愉快用餐。过了好几天，她老公忍受不了了，找来了钟点工，把房子打扫得干干净净。她回家非常愉快，两人还亲热了一场。

上面这个例子告诉我们，家务这件事啊，要么不说，要么不做。如果你能忍受，就不说，忍不了自然会有人做；如果你忍不了去做，就默默做完。老公可能会愧疚，可能会毫无反应，但绝对不会跟你吵架。如果你一边说一边唠叨，那么你做完了，老公还嫌你烦，对你自己没有任何好处，而且你还付出了劳动，付出了劳动得不到任何感激，做完了你依旧满心怨恨。其实你把自己放在老公的位置想一想，在你还是少女的时候，妈妈进你房间会不会唠叨你，屋子怎么又不收拾啊，换下来的衣服不晓得丢进脏衣筐啊，你听得进去吗？你要么开大随身听的音量，要么"嗯嗯"地点头，其实半句都没放在心上。妈妈说多了，你还觉得她怎么那么烦、那么能唠叨啊。对，你老公和你的心境完全一样，他还会多一句："怎么娶个老婆和娶个妈一样！"心里完全不会有半分感恩。

这位同学问了："如果我真的想和老公讲这个问题，又不想让他烦，有办法吗？"老师有一点儿小小的经验和你们分享。第一，要和他谈明白规定。比如不要说"你不要把屋子弄脏"，而要明确地说"脏袜子脱了一定要放在洗衣机里面”；不要说“你怎么玩游戏玩到那么晚”，要明确地说“十一点必须关电脑”。第二，不要上来就责怪他怎么不做家务，可以试着说：“老公，我下班回来很累，不想做饭，你觉得我们应该怎么办？”让老公觉得自己有参与感，又分担了你的苦恼。

其实我个人认为，不做家务这件事最好的解决方法就是请个钟点工。我个人就非常不喜欢做家务，如果一直让男朋友做，一来我觉得不好意思，二来时间长了他心里一定会不高兴。与其让我们之间发生矛盾，不如花钱解决问题。而且我常常想，如果我男朋友也是跟我一样非常不喜欢做家务的呢？我会因此而不喜欢他吗？答案是不会，所以我对这个问题就释然了。如果用钱就能解决你们的纷争，我觉得是很划算的。

怎么让你的男朋友讨爹妈喜欢

最近呢，我的一个小朋友佳佳找了个男朋友，两个人年纪都不大。她爸爸正好出差来北京，就想见一见这个男孩。之前，佳佳在北京报个培训班，报名费600元钱是男孩子垫付的。吃饭的时候，佳佳爸爸就拿出钱来要还给男孩。男孩不肯收，说佳佳家里的事情，就是他的事情，这点钱不必客气。但佳佳爸爸坚持："那不行，一码归一码。钱还是要收的。"两人就一直在推推拉拉。结果，男孩在佳佳爸爸的坚持下，把钱收下了。结果，完了。男孩一走，佳佳爸爸脸一沉，说："这个男人不能要，他连600元钱都舍不得给你花。"佳佳跟我说这件事情的时候，很无奈：明明是她爸坚持要塞的，而且公共场合推推拉拉很难看。于是呢，我就给她出了个主意，让男孩子买了件超过600元的礼物，送给她爸爸。果然，她爸爸的想法开始改变了。

其实，让爸妈接受男朋友非常简单，第一就是要带礼物。去看爸妈，哪怕爸妈说得再客气，觉得家里真的啥也不缺，不需要买东西，也一定要买、买、买。我以前的男朋友来我家，我爸妈都说："别带东西，太客气了。"我说带个水果篮吧。我男朋友说，那咋行？结果带了烟酒、茶叶和燕窝，还给我妈买了个iPad。直到分手后，我妈都觉得这孩子不错。所以，带男朋友回家，你们千万别觉得不好意思让男朋友多出钱，必须晓以大义，哪怕自己贴点钱，都一定要带厚礼出现。

第二，这一步呢，就完全是你的事，叫作传礼物。比方说，我常常回家会带一种泡芙，是我妈特别爱吃的。但我会说，是我男朋友买的，特意让我带回来给她的。我妈自然很高兴，就会让我带做好的拿手菜给我男朋友。同样的，我把菜带给我男朋友，会说："我都要吃醋了，你看我妈多惦记你。回去吃个饭还让我打包一份给你呢，比我这亲闺女待遇还好。"男朋友很感动，下次就会懂得孝敬未来丈母娘。人和人之间对彼此好，其实就差一个传球的。作为男朋友和家人的中间人，你就可以担负起这个任务。

第三步，叫作双簧。这个要跟男朋友商量好，用得好，效果就会非常好。有一次，我妈用电饭煲烧饭，由于没注意，杯垫贴在了锅内胆底下。烧的时候，我们一直闻到一股焦味儿，找了半天才发现。我妈一直说："哎呀，对不起，是我不好。"过了几天，我妈又烧饭，我拿这件事跟我妈开玩笑说，可要好好检查锅底下。我妈还笑着，我男朋友跳起来说："就你全对。妈做饭多不容易，你就保证不犯错啊。这么点小事儿老拿出来说。"我妈当时激动得都快觉得我是儿媳妇，那才是她亲儿子呢。多利用这种事，让男朋友和你爹妈站到一边。但最终你是亲闺女嘛，就算批评你，也是"内部矛盾"。

NOTE

Chapter 9

万能的小提示

不要怕无理取闹。整本书都在教大家怎么得体懂事，好害怕大家都会变成紫薇哦。不作的姑娘没有人爱，这是真理，所以除了得体大方以外，大家还是要学会作，只不过要掌握分寸。

在喜欢的男人面前要喝酒吗

大家一定看过很多韩剧，里面女主角喝得烂醉，要么就趴在男主角背上回家，一路上打开心扉，两个人的感情更进一步；要么呢，就是镜头到了第二天早上，两个人就此情定三生！大家醒一醒！

首先，大家一定要相信，喝醉酒这件事是非常不好的。不光是对身体不好，对身体不好都得往后放。喝醉酒，首先，你没办法控制自己的舌头，很可能会说很多不该说的话！可能把你之前塑造的成熟、可爱、温柔的形象全部毁掉。我认识一个非常漂亮的模特，平时温柔可亲，不知道多可爱，喝多了站在KTV包房的桌子中间，拿起玻璃杯子见人就砸，非常恐怖。其次，你想想看，你在酒局看见一个女

性朋友喝得烂醉，是不是觉得很难看？她可能会躺在地上，满嘴口水，或者吐得到处都是，绝对不会有任何男人会喜欢这种女生。再次，如果这个男生喜欢你，看你醉了，想送你回家，相信我，绝对不会像电视里那么轻松，喝多的人重得像只死猪。我有个45公斤的女朋友，每次喝醉要三个人才能把她弄回家。

重点中的重点来了，喝醉非常容易被坏人带回家，而不是被男主角带回家。就算没人对你有坏心思，也会让男人觉得：这个女孩子好随便啊，这么容易喝多。更何况，你不能保证酒局只有你一个女的，如果喝多了，还会被别的女生说："啊，她好喜欢喝酒啊，还容易喝多，上次喝多，不知道跟谁回去了呢。"

所以！老师的结论是——不能喝酒？错！你们too young too simple。酒是可以喝的！那要怎么喝？

第一，只能喝一到两杯，喝到脸红。这时候，就是给你一万块钱也不能再喝了。

第二，喝到脸红，就可以开始"演戏"了，比如这时候和男神有一些肢体接触才会可爱，靠着他啦，挽着他的手臂，扶着他走路，摸摸他的头发，都很顺理成章。

第三，你们打死不听老师，硬要表白的，微醺表白不会全军覆没。借着酒意可以说一些“你真的好可爱，我还挺喜欢你的”之类的话（绝对不要说“我要做你女朋友”“我们在一起”），这才是进可攻退可守。万一被拒绝，你还可以怪到酒身上。

第四，重中之重，请划重点。既然喝醉酒的女生会被认为很随便，那么我们就要反其道而行之。好好利用醉酒，那就是，无论喝（装）成什么样，都要拿出圣女贞德的样子来。有人要来吃你豆腐，你可以借着醉酒甩他耳光，绝对不要任何人送你回家，好好演一出醉成死狗也要死撑的戏码。保证男人对你肃然起敬，觉得你真是外表性感内心传统的好姑娘。

喝酒是恋爱路上的一条捷径，不是很熟的人，多喝几次酒，很容易拉近关系。所以，你酒量好，敞开来喝，微醺的时候好好表演，追光灯会都打在你一个人身上。如果你酒量不好，也不要怕，我们有腮红这个好朋友，去厕所上个妆，回来你就是“海岛冰轮初转腾”的杨贵妃！

闺密的男友出轨应该告诉她吗

关于题目的答案是:绝对不要!

再好的闺密,都不能去管人家的私生活。如果她问,我就说:“如果在这种情况下我会……但我毕竟不是你,我不能替你判断、替你选择。”因为你永远不是她,两个人的感情里,就算她把细节全告诉你,你也永远不可能真正地感同身受。感情就是“如人饮水,冷暖自知”呢。

如果你觉得她男朋友是渣男、王八蛋,你就离远一点儿好了,因为我不得不十分恶毒地说一句:“不是一家人,不进一家门。”如果你闺密和渣男、王八蛋爱得死去活来,只能证明他们是一类人。你除了默默祝福他们不要分手以免害到别人,啥也不能做。如果你闺密是被渣男、王八蛋伤害到遍体鳞伤，也很好，因为撞了南墙她就会回头，根本无须你劝。如果她撞了墙，还继续要撞，那就是个人爱好问题，你劝了，她也不会听。如果你闺密未成年，你可以报警，但成年人应该对自己的选择负责。

我之前有个女朋友交了个爱赌钱的男朋友，好几次我们吃饭，她男朋友会突然赶来，问她要了钱就走。还有几次，她被打得脸上青肿。一开始，我们还劝她早点离开这个男的，谁知道晚上他们一和好，她就把我们怎么劝她离开的话全跟她男人说了。结果，这个男人看见我们就吹胡子瞪眼，十分不爽。我们里外不是人。真的，相信我，闺密再亲也亲不过睡在同一张床上的男女朋友。所以，我再也不劝了。

还有一种情况不能说，是因为你真的不知道你的女性朋友知不知道这件事。都说女人是福尔摩斯，两个人在一起，男朋友有异心，女朋友不知道的情况太少了。基本上女朋友的直觉比雷达还灵，根本不需要外人多管闲事。我有一个大学同学，一直都很喜欢秀恩爱，说她老公对她多好多好。有一天，我们另外一个同学好死不死，遇见她老公带着另外一个女的开房。我们很纠结，要不要告诉她，因为人家秀恩爱，我们去讲这种话，好像是妒忌人家一样，可我们又担心她被蒙在鼓里。于是，我们决定委派一个跟她关系最好的女人单独跟她讲。结果却出乎我们所有人的意料，她早就知道自己老公出轨了。她之所以一直秀恩爱是她要面子，她觉得她老公除了有钱以外什么都比不上其他同学，所以她必须秀。这个故事听上去很心酸，却让我再次确定了“人家老公出轨，就当自己瞎，绝对不要多嘴”的观点。

如果你闺密真的是单纯白痴，出于各种方面的考虑，你觉得你必须讲，老师给出最后的良心建议是不要直接讲，要旁敲侧击，给别人留足够的距离。我有一次在朋友圈不小心点错，点到我闺密男朋友的微信，发现他签名改了。改的是一个游戏里的名字，而这个游戏据我所知一般都是女孩子在玩儿。我就留了个心眼儿，于是打开他的朋友圈，仔细看了下，发现很少发自拍的他发了一张自拍。我打开照片不停放大看，发现从墨镜的反光中可以看出，他当时坐在副驾驶，旁边有一条纤细的白胳膊，而我闺密不会开车。于是，我把这张照片发给我闺密说：“你家换新车啦？”她说：“不是呀，这是别人的车。我男朋友去出差啦，他哥们儿接他。”我说：“他哥们儿可真白。”然后就啥也不说了。当然，她最后发现她男朋友偷偷见了前女友。我要说的是：你一定要提醒人家男朋友出轨，话说一半就好了。

如何拒绝已婚男

对，这个世界上有很多很不要脸的直男，觉得全世界都是他的后宫，明明已经结婚了，却还要勾引你。确实，这种进化得比较差的生物到处都是，被你拒绝几次，仍然锲而不舍，摆出这样一副样子：大家都是成年人，玩一玩怎么了？或者：勾引你是给你面子。

当然啊，谁都想给他一个耳光让他滚远点，好好拿镜子照照自己，长得歪瓜裂枣的，就不要做出古天乐才有资格做的事。可惜，这些人很有可能是你的老板、你的领导、你的客户。虽然很多人会说："走啊，为什么要让自己受委屈做这种工作？"可是"走"这个字，说起来轻松，如果是一份你很喜欢的工作，如果是一份前

途远大的工作，如果是一个费了很大劲儿才得到的工作，说走就走有多难啊。老师今天就要讲，如何巧妙地让这些已婚男知难而退。

我要讲一个我的好朋友寇乃馨的故事。她之前在台湾一个电视台当主持人。她的老板——一个已婚男人特别喜欢她，老是有事没事约她。前几次，她都以各种借口推了。有一天晚上，大概十一二点，她已经收工回家了。这个男人打电话给她："乃馨啊，出来吃夜宵吧。"她说："太晚了，我明天一早还要工作。"男人说："只是喝一杯嘛，不会耽误你很久。"寇乃馨说："啊，真的太晚了，不想出门了。"老板说："怎么样？不给面子，是不是？"这时候，如果是你，会怎么做呢？如果硬推托，可能老板会发火，将来给你穿小鞋；如果去了，可能就会被占便宜。这时候，寇乃馨说了一段非常聪明的话，希望大家划重点，并且背下来。她说："大哥，其实我很喜欢你，并且喜欢你很久了。我之前一直拒绝你都是因为我在克制自己。你是有老婆的人了，我怕我会认真，我一旦认真就会陷入这段感情，就会做出拆散人家家庭的事情。我不想这样，我不想做一个小三，我不想被千夫所指。所以大哥，我不能去。我不能去是因为我爱得深沉。"这位大哥听完，结结巴巴地说："哎，乃馨，你也真是，这么认真干吗？”从此以后呢，他就再也没有骚扰过寇乃馨，并且在工作中还十分帮她。

你们看懂了吗？顺水推舟，并且给他留足面子。男人享受你对他的崇拜，自然会在工作中对你多加帮助。又因为他并不真的想把这种事搞得满城风雨，所以也不会真的为难你、勉强你。

外一篇：万能的小贴士

好快哦，转眼这本书就要写完了呢。（并没有，一个拖稿一年的人没有资格说这种话！）余下的一些是不能单独成篇，我个人又觉得很好用的小技巧，一一分享给大家咯。

第一个小技巧是：不要怕无理取闹。整本书都在教大家怎么得体懂事，好害怕大家都会变成紫薇哦。不作的姑娘没有人爱，这是真理，所以除了得体大方以外，大家还是要学会作，只不过要掌握分寸。男人是很“贱”的物种，这个“贱”字没有丝毫侮辱的成分，纯粹是客观描述，所以在给一个甜枣之后，也要偶尔给他们几巴掌，时不时地来个无理取闹非常好用。

“人家就是很想你啊，想立刻见到你。”

“突然想吃哈根达斯，怎么办？感觉不吃会死哎。你买给我吧。”（半夜也可以这样做，但是半夜买不到哈根达斯，作的程度到吃一个麦当劳甜筒也可以高高兴兴回家。）

“高跟鞋太痛了，这位好心的白龙马，可以背我去西天取经吗？”

反正男人觉得女人是“感性动物”嘛，他们甚至觉得“不作不闹太成熟”的女人不是真心爱他。OK呀，让我来好好满足你们。

第二个小技巧是：放平常心，接受突发的邀约。老师之前也说过，如果男生下午约你晚上吃饭，不要答应，别让他觉得你太闲了，闲到随时在家等着约。但是，如果是行情太好的男生、你男神，就是傍晚约你吃晚饭，你也要立刻答应，因为见面永远好于微信聊，面对面的相处永远比网络要容易产生感情。男人都是视觉动物，男人看见你比看不见你更容易爱上你。而且，在男人心里，什么事情都会突发，他不觉得突然约你是不礼貌的（原谅这个进化得比较差的物种）。我爸就常常在下午打个电话跟我妈说：“哎，晚上几个兄弟

来家里吃晚饭哦。”他完全没有概念，做出一桌子饭需要采买、淘洗，可能还需要腌制，切菜到烹饪，起码一天的时间！他完全就是兴致来了，打电话给他的狐朋狗友，邀他们来家里吃饭。而我妈被他这种“军事化训练”锤炼得已经能够在两小时内，变魔术一样弄出一桌饭。

第三个小技巧是：不要怕没见识。遇见不懂的就大胆问，只要不是常识，问出任何问题，男人都觉得：这个傻乎乎的小姑娘，很可爱嘛。他会很有成就感。我的同事小欣有一个知识非常渊博的男朋友，平时就是她的“活字典”，两人相处十分融洽。自从他推荐她关注一系列科普公共账号之后，每次她男朋友跟她分享冷知识，小欣都会说：“哦，今天推送的内容讲过了耶。”她男朋友气死了。所以，男人非常好为人师，你就大胆摆出：“真的吗？为什么会这样！”“哇，好奇妙哦。你快讲给我听。”“不可能，骗人！好有趣哦。”这种对知识充满渴求、对他充满崇拜的脸，男人非常受用。

第四个小技巧是：能动手就尽量别用嘴说。其实就是能够用肢体表达的情绪话语，都不要用嘴。抚摸手臂，把手搭在他的肩膀上，说话尽量低声，让他靠近你；故意穿高跟鞋，走到台阶，挽住他啦。这一切的前提就是：自然。动作要短暂，做完立刻放回。一定是："啊，因为兴致很高才无意识做出这种动作的，我都没在意呢。""只是因为特殊情况才碰到你身体的，我不是故意的。"为什么老师一直鼓励大家要见面、要见面，为什么男人异地恋总是出轨啦，因为他们都有"肢体饥渴症"，这样的肢体接触比说一万句情话还要有用。

第五个技巧叫作：话要反着讲。当你想表白的时候，不要说"我爱你"，要说"我恨你"；当你想确定对方感觉的时候，不要问"你喜欢我吗"，要说"你觉得我喜欢不喜欢你"？当你很想表达对对方喜爱的时候，不要说"我很喜欢你"，要说"你很讨厌哎"。男人总喜欢听到上面那些被征服的声音，但是被征服的声音一旦响起，他们就失去追求的热情。所以，情话要反着说。

第六个技巧：退一步海阔天空。怎样在竞争激烈的男生身边脱颖而出呢？对，退出这个团队。在追他的女人里面，你可能要排到第100名，那么意味着你有99个对手，可是如果你变成他的死党、好朋友，那么意味着你多了99个女人来巴结你。可是你一定会说："可是我就是很喜欢他啊，我不想当朋友，就想和他好。"老师说的是战术，并没有让你真的退出！我们先收。等到死的死、退的退、伤的伤，你

作为一个温柔贤良的女孩子，就能轻松把男神放到口袋里面咯。

第七个技巧叫作：和漂亮的女生做朋友。我相信大多数女生身边都会有比你漂亮的女性朋友。你和她在一起，永远都是人家问她要电话、请她出去吃饭，而你就像个拖油瓶一样。你也很想光芒万丈，你也很想被人追捧，你也很想做小公主。这时候，你就会说："那我不要跟太漂亮的女生在一起，找个比我丑的，衬托我就好了。"老师告诉你："绝对不行！"你要知道，追求漂亮女生的男孩子多、基数大，里面优秀的男孩子也相对多，就算你在她手下"捡个漏"，也很容易找到条件不错的男二啊。而且哦，和漂亮的闺密在一起，也不一定追不到男一号啊，也许你闺密不喜欢男一号，而你作为韩剧里标准的"安慰伤心、绝望高富帅"的温柔女二形象出现，很容易得手哦。

写在最后

真的到最后一篇了！是的，因为我是电脑白痴，不小心用空白文档覆盖了这篇文章，只能默默重写。（苍天啊，大地啊，哪个天使大姐黑了我的路由器啊！）

《老友记》里面有一个情节，莫妮卡问一个女人："你怎么能这么棒呢？你为什么生活得这么精彩呢？你怎么天天有好主意呢？"这个女人说："因为我看了一部电影叫作《死亡诗社》。"莫妮卡说："这个电影这么好吗？"女人说："不，这个电影很烂。（其实不是，非常精彩的电影，不知道《老友记》的编剧为什么要黑它，哈哈哈哈哈哈……）看完以后，我就沉思，我花了两个小时看了很烂的电影啊，我生命中的两个小时就这么被浪费了，再也回不来了。我凭什么啊。我就决定从此以后绝对不荒废我的人生。"是啦，我的意思就是，我很诚惶诚恐、绞尽脑汁地写完这本书，就是很怕大家花钱买回家看完骂我："老子生命中珍贵的两小时也被浪费了啊。"

每个人的爱情都不一样，没办法复制，甚至没有办法复述。写这本书的初衷非常简单，仍然是作为全民闺密的我分享有限的恋爱经验，书里说的那些，绝对不是唯一的标准。我常常在评论里看见很多情商超高的妹子，好多方法都好棒哦。希望大家多交流，多分享。发私信给我，我都会看的哦。(并不会。)

所有的方法都简单粗暴，你照着做就行，但是请大家一定要抱着去勇敢爱的心。是的，去爱不能保证不受伤，爱的那个人也可能会让你流泪，可是，我们不去爱的话，就永远碰不到那个对的人啊。我也不是天生就会恋爱的方法，也是作、蠢、傻，撞得一头鲜血走到现在。到今天，也会常常犯错。有人说："在爱情里会冲动、忍不住，很难记住书里的策略。"正因为这样，才要多练习、多忍耐，才要花更多心思去好好经营。是的，不要怕，姑娘们，一路上的人很多，这次错了又有什么关系呢？重要的是我们还能够一直温柔地去爱啊。

英国的政治家狄斯瑞利说过："我的一生也许会犯很多错误，可我一直在打算为爱情而结婚。"现在捧着书的你可能面临家里逼婚的压力，可能刚刚失恋觉得再也遇不到良人，还可能到现在从来没有恋爱过……没关系的，姑娘们，路还很长，只要你愿意变得更好，并且一直在为这个目标努力着，在前方必然有一个人不会让你失望，而我愿意陪着你们一起走，一直走到那个人面前。

我个人是非常不喜欢鸡汤的，可是在这本书的最后，还是想把这段话送给你们：我一点儿不漂亮，可能你也一样；我从没考过第一名，可能你也一样；我唱歌走音、画画不及格、800米中长跑没达过标，可能你也一样；我曾经加班没有加班费、替老板背黑锅，可能你也一样；我曾被男朋友骗钱还被他甩了，可能你也一样；我减肥从未成功、吃素无法坚持，可能你也一样；那么，我到今天还没被打倒，可能你也一样。